21,9

Jeannine Schwarz

DER RÄTSELHAFTE POKALDIEBSTAHL

D1986311

Jeannine Schwarz

Der rätselhafte Pokaldiebstahl

FRANCKE
Verlag der Francke-Buchhandlung GmbH

Über die Autorin:
Jeannine Schwarz ist verheiratet und Mutter von zwei Kindern. Neben ihren Jobs als Hausfrau, Mutter und Übersetzerin engagiert sie sich in der Kinder- und Jugendarbeit.
Als Krimi- und Pferdefan hat sie sich auf das Schreiben von Pferdebüchern spezialisiert.

Für Nathi und Mischi

Bibliografische Information Der Deutschen Bibliothek
Die Deutsche Bibliothek verzeichnet diese Publikation in der Deutschen Nationalbibliografie; detaillierte bibliografische Daten sind im Internet über http://dnb.ddb.de abrufbar.

ISBN 3-86122-740-1
Alle Rechte vorbehalten
© 2005 by Verlag der Francke-Buchhandlung GmbH
35037 Marburg an der Lahn
Umschlaggestaltung: Henri Oetjen, DesignStudio Lemgo
Satz: Verlag der Francke-Buchhandlung GmbH
Druck: Koninklijke Wöhrmann, Niederlande

www.francke-buch.de

Prolog

Hexe. Miststück. Kanaille. Wütend ballte der junge Mann mit dem kurzen Pferdeschwanz die Fäuste. Er trug teure Markenklamotten, denen man den Preis jedoch nicht unbedingt ansah – die ultrabreiten Baggy Pants hingen wie ein zu großer Sack um seine Beine und der orange-braune *Lacoste*-Pullover wirkte betont schlampig und unordentlich.

Um ihn herum dröhnte der Verkehr. Die S-Bahn-Haltestelle in der Züricher Innenstadt, an der er sich befand, war wie eine Insel im blechernen Ozean des Abendverkehrs. Bremsen kreischten, Motoren heulten auf, die S-Bahnen zischten vorbei, Busmotoren brummten, Leute lachten, schwatzten, keiften und fluchten.

Er hörte nichts von alledem. Es schien, als würde er seine Umgebung gar nicht richtig wahrnehmen. Seine Lippen waren fest zusammengepresst, seine Augen verschleiert und dunkel vor Schmerz, Wut und Hass. Wieder und wieder ballte er die Fäuste, bis seine Fingerknöchel weiß hervortraten.

Das Bild, das ihn nun schon seit Tagen marterte, hatte sich mit erbarmungsloser Klarheit in sein Gehirn gebohrt und sein Stachel wurde immer spitzer und schmerzhafter. Eigentlich war es mehr eine Bilderfolge – übergangslos, wie in einem schlecht geschnittenen Film.

Ein strahlendes Gesicht mit einem siegessicheren Lächeln – Schnitt – dasselbe Gesicht, doch ohne Lächeln, mit einem bitteren Zug um den Mund und Tränen der Enttäuschung in den Augen – Schnitt – ein lebloser Körper, zerschmettert, daneben ein völlig zertrümmertes

Motorrad – Schnitt – eine dunkel gekleidete Menschenmenge vor einem kleinen, dunklen Loch in der Erde, das nicht nur die braune Holzkiste mit dem leblosen Körper, sondern auch sein eigenes Leben zu verschlingen schien.

Der junge Mann mit dem kurzen Pferdeschwanz stöhnte leise. *Diese Hexe.* Sie hatte alles zerstört, was ihm lieb und wert war. Definitiv unwiderruflich zerstört.

Seine Züge verhärteten sich und in seine Augen trat blanker Hass. Er musste es ihr heimzahlen, sie ebenso zerstören, wie sie sein Leben zerstört hatte.

Ein zynisches Lächeln umspielte plötzlich seine Mundwinkel.

Er wusste genau, womit er sie am meisten treffen konnte. Und er hatte auch eine ganz konkrete Idee, wie er sein Ziel einfach und ohne verräterische Spuren zu hinterlassen erreichen konnte.

Langsam stand er auf. Er warf einen kurzen Blick zurück auf die schmutzige, zerkratzte Holzbank, auf der er gesessen hatte. Seine Augen blieben an einem hässlichen Graffiti an einer der Betonwände der S-Bahn-Haltestelle hängen. *No Escape* schrie es ihm in windschiefen, missförmig verzerrten Buchstaben entgegen.

Wieder huschte ein zynisches Lächeln über sein Gesicht.

Ja, tatsächlich, für die Hexe würde es bald keinen Ausweg mehr geben.

1

„Wetten, dass ich für meine Bio-Arbeit ’ne Auszeichnung kriege?“ Mit einem selbstzufriedenen Ausdruck auf dem Gesicht schlenderte Tino auf Tessa und Kerstin zu, die eben ihre Stifte zusammenkramten und in die dafür vorgesehene Schreibhülle steckten.

„Angeber“, sagte Tessa spöttisch, während Kerstin mit unbeteiligtem Gesichtsausdruck auf ihre Schreibstifte starrte. „Ich habe gar nicht gewusst, dass du dich für Biologie dermaßen begeistern kannst. Und schon gar nicht für eine Klassenarbeit ...“

„Tu ich normalerweise ja auch nicht“, verteidigte sich Tino und strich sich mit der Hand durch seine sorgfältig gestylte Zackenfrisur. „Zufälligerweise war es diesmal eben ein Thema, das mich interessiert hat.“

„Ja, ich fand es auch spannend“, lenkte Tessa ein. „Die Anatomie des Menschen – wirklich eine faszinierende Sache. Aber das nächste Biothema finde ich noch faszinierender, ich freue mich schon richtig darauf.“

„Genetik?“ Tino verzog sein Gesicht zu einer ungläubigen Grimasse. „Das ist doch viel zu kompliziert. Und langweilig obendrein!“

„Langweilig?? Denk doch nur an die Vererbungsgesetze, das Klonen und die Methoden der Verbrechensbekämpfung mittels ‚genetischen Fingerabdrucks‘. Wenn das keine topaktuellen Themen sind!“

Sie machte eine kurze Pause und wandte sich dann Beifall heischend an ihre Freundin, die immer noch schweigend vor sich hin starrte. „Findest du nicht auch, Kerstin? Als Krimifan sollte dich das doch ganz besonders interessieren!“

Kerstin lächelte trübsinnig. „Ach, ich weiß nicht. Alles, was auch nur im entferntesten Sinn mit Naturwissenschaft zu tun hat, wirkt auf mich wie ein rotes Tuch. Ich blicke da einfach nicht durch."

„Musst du auch nicht, Süße." Tino beugte sich zu ihr herunter, bis sein Gesicht dicht vor ihrem war. Spielerisch griff er nach einer langen blonden Haarsträhne, die ihr über die Augen fiel. „Belaste dein hübsches Köpfchen nicht mit solch unnötigem Krimskrams. Andere Dinge sind uneeendlich wichtiger ..."

Ein unwilliges Zucken huschte über Kerstins Gesicht. Mit einer ruckartigen Bewegung befreite sie ihre Haare aus seinem Griff.

„Ich bin nicht deine Süße", sagte sie langsam und deutlich, „und ich bin mir nicht so sicher, ob wir wirklich dieselben Dinge wichtig finden."

Tinos Kinnlade klappte herunter. Er sah etwa so intelligent aus wie ein Fisch auf dem Trockenen. Mehrmals öffnete er den Mund zu einer schlagfertig-coolen Antwort, doch irgendwie schien ihm nichts Passendes einzufallen. Schließlich richtete er sich mit einer linkischen Bewegung auf, stand einen Moment lang unschlüssig da und stelzte dann plötzlich davon.

Tessa warf Kerstin einen zustimmenden Blick zu. „Bravo", raunte sie leise, „eine solche Abfuhr war schon längst überfällig – wirklich längst überfällig."

* * *

„Ich weiß nicht – irgendwie habe ich das Gefühl, dass ich Tino ein wenig zu unvermutet vor den Kopf gestoßen habe", seufzte Kerstin, als sie und Tessa nach der Schule gemächlich einen geteerten Feldweg entlangradelten.

„Das hast du bestimmt nicht", antwortete Tessa trocken. „Der Kerl hat mit seinem Don-Juan-Gehabe eine solche Reaktion ja regelrecht provoziert."

„Meinst du? Mich stört sein Getue ja auch, aber es tut mir trotzdem Leid, wenn ich ihn verletzt habe."

„Aber, Kerstin. Das darf dir nicht Leid tun! Typen wie Tino muss man kalt abblitzen lassen, sonst raffen die nie, worum es geht!"

Kerstin schüttelte den Kopf. „Ich habe zu spontan aus dem Bauch heraus reagiert. Ich bin mir ja noch gar nicht im Klaren, wie es weitergehen soll. Ich – ich glaube, ich bin noch nicht bereit, ganz mit Tino Schluss zu machen."

Tessa seufzte. Sie dachte an die letzten Monate und wie ihr die Entwicklung der Beziehung zwischen den beiden zunehmend Sorge bereitet hatte.

Zuerst hatte alles ziemlich positiv ausgesehen. Tino war seit den Ereignissen auf dem *Homberg* im letzten Herbst ernsthafter geworden. Die ihm aufgebrummten Stallarbeiten auf dem Reiterhof hatte er gewissenhaft erledigt. Und er schien wirklich ernsthafte Gefühle für Kerstin zu empfinden, obwohl sie ihn nur halbherzig dazu ermutigt hatte.

Dann, vor etwa drei Monaten, hatte er plötzlich begonnen, Kerstin in die Bibelgruppe zu begleiten. Das war die Wende in ihrer Beziehung gewesen. Kerstin schwebte auf Wolke sieben. Sie traf sich mit Tino in der Eisdiele, ging mit ihm Inline skaten und diskutierte stundenlang mit ihm – alles in der festen Überzeugung, dass er kurz davor stand, sein Leben Jesus zu übergeben.

Tessa hatte diese Entwicklung mit Skepsis beobachtet. Sie hatte von Anfang an gedacht, dass Tino nicht wirklich am Glauben interessiert war, sondern viel eher daran, Kerstin endlich rumzukriegen. Seine

Worte klangen zwar glatt und schön, doch es haftete ihnen etwas Hohles, Unechtes an.

Sie hatte Kerstin wiederholt gewarnt, aber nur ein mitleidiges Lächeln geerntet.

Erst nach den Osterferien – also vor etwas mehr als einer Woche – war Kerstins Stimmung umgeschwenkt. Tino war in seinem Umgang mit ihr immer dreister geworden, bis er heute den Bogen endgültig überspannt hatte.

„Was hast du nun konkret vor?“, wandte sie sich wieder an Kerstin.

„Ich weiß es nicht – ich weiß es wirklich nicht. Einerseits würde ich Tino am liebsten ins Pfefferland befördern – wenn er so den voll krassen Macho hervorkehrt –, aber dann finde ich ihn manchmal wieder so richtig süß, so – so einfühlsam und verletzlich. Und zudem ist er einer der coolsten Jungs der Schule – schon die bloße Tatsache, dass er mich ausgewählt hat –“ Sie brach ab und zuckte vielsagend mit den Schultern.

Tessa lächelte ironisch. „Ich habe gar nicht gewusst, dass du diese Art von Selbstbestätigung nötig hast. Es sind doch die inneren Werte, die zählen, und nicht die unwichtigen Äußerlichkeiten. Außerdem bist du eigentlich so ziemlich die Letzte, die unter Minderwertigkeitskomplexen leiden sollte ...“ Ihr Blick glitt von Kerstins langem blonden Haar zu ihrem ebenmäßigen Gesicht mit den mandelförmigen grünen Augen. Neidlos musste sie sich eingestehen, dass Kerstin bei weitem das hübscheste Mädchen in ihrem Bekanntenkreis war. Mit ihrer natürlichen Anmut und der schlanken, wohl proportionierten Figur hätte sie locker jede Schönheitskonkurrenz gewinnen können.

„Ach, du!“ Kerstin brach in ein gezwungenes Lachen aus. „Du bist immer so vernünftig und sachlich. Alles, was du sagst, klingt unwiderlegbar logisch, aber das hilft mir in meiner Situation kein bisschen weiter!"

Nachdenklich deutete Tessa auf das schmale Stoffband, das um Kerstins Handgelenk geknüpft war. *WWJD* prangte in großen, unübersehbaren Buchstaben darauf.

„Vielleicht würde es dir helfen, wenn du Jesus ganz konkret fragst, was er an deiner Stelle tun würde. Ich bin sicher, dass die Antwort nicht lange auf sich warten lassen wird!"

Kerstin zuckte mit den Schultern. „Ich habe Jesus bisher nicht groß um seinen Willen in dieser Sache gefragt – wie kann ich dann erwarten, dass er mir jetzt hilft?", fragte sie trotzig.

„Jesus antwortet immer", sagte Tessa überzeugt.

„Ja-a, da hast du vielleicht schon Recht, aber vielleicht habe ich Angst vor seiner Antwort. Oder vor den Konsequenzen, die diese Antwort mit sich bringen würde. Ach, ich weiß auch nicht ..."

Tessa schwieg. Gedankenverloren blickte sie in den strahlenden Frühlingstag. Die Bäume standen in voller Blüte, am hellblauen Himmel tummelten sich einige übermütige weiße Wolken, und überall duftete es verheißungsvoll nach neu erwachtem Leben.

Die Gegend, durch die sie fuhren, wurde immer ländlicher. Grüne Weiden wechselten sich mit goldgelben Rapsfeldern ab. Als Tessa zum ersten Mal hier durchgefahren war, war der Raps schon verblüht gewesen. Sie hatte es damals nicht einmal wahrgenommen. In ihrem Herzen hatte ein wilder Schmerz gehämmert, der sie blind machte für die landschaftlichen Schönheiten ringsumher.

Und dann hatte sie Arabella erspäht, ihr Traumpferd, und plötzlich war nichts anderes mehr wichtig gewesen.

Langsam rückten die grünen Weiden des *Katzenhofs* in ihr Blickfeld, dann wurde eine Hecke sichtbar, die in einen hohen Eisenzaun mündete. Zu Tessas Erstaunen stand das große elektrische Tor, das in der Mitte des Zauns angebracht war, offen.

Ein ungutes Gefühl beschlich sie. Normalerweise war das Tor zum *Katzenhof* immer geschlossen. Wenn nur kein Unglück passiert war!

Sie beschleunigte ihr Tempo. Keuchend fuhr sie durch das Tor in den großen gepflasterten Innenhof – und wäre fast mit einer schlanken, dunkelhaarigen Frau zusammengestoßen, die in aller Ruhe quer über den Platz auf einen geduldig vor der Stalltür wartenden Schimmel zuging.

Mit kreischenden Bremsen brachte Tessa ihr Rad zum Stehen. Dadurch hätte sie fast einen zweiten Crash verursacht, und zwar mit Kerstin, die dicht hinter ihr fuhr. In letzter Sekunde konnte diese ihren Lenker herumreißen. Wie eine fehlgeleitete Kanonenkugel schoss sie an Tessa vorbei und kam endlich vor dem Zaun zum Stillstand.

„Na, ihr zwei", lächelte die dunkelhaarige Frau, „wo brennt's denn?"

„Ich – ich", stammelte Tessa, „Laura, ich hatte solche Angst, dass dir etwas zugestoßen sein könnte. Das offene Tor ..."

„Ich bin eben erst vom Reiten nach Hause gekommen. Da ich wusste, dass ihr jeden Moment eintreffen würdet, habe ich das Tor gleich offen gelassen. Kein Grund zur Panik also!" Laura lächelte immer noch, und ihre blauen Augen funkelten amüsiert.

Wie immer fragte sich Tessa, was sie bei Lauras Anblick mehr in Staunen versetzte: die unübersehbare Ähnlichkeit mit ihrem eigenen Spiegelbild – dunkles Haar, blaue Augen, ebenmäßige, feine Gesichtszüge – oder ihre fröhliche Herzlichkeit und Gelöstheit. Noch vor einigen Monaten hatte Lauras Gesicht einen verkrampften, gehetzten Ausdruck getragen, und in den Tiefen ihrer Augen hatten dunkle Schatten gelauert. Aber nun waren die Schatten weg, sie hatten sich verflüchtigt wie zäher Morgennebel, der sich in den wärmenden Strahlen der Sonne langsam, aber stetig auflöst.

„Hallo, Laura!“ Kerstin, die sich vom Schrecken ihres Beinahe-Zusammenstoßes erholt und ihr Rad säuberlich an einen Zaunpfahl gelehnt hatte, kam auf die beiden zu geschlendert. „Du siehst heute ja aus wie der Frühling höchstpersönlich – hattest du während deinem Ausritt etwa eine Begegnung mit einer Blütenfee?“

„So könnte man es wohl nennen!“, lachte Laura. „Romeo“, sie deutete auf den weißen Lipizzanerhengst, der immer noch geduldig vor der Stalltür wartete, „hat ein ganz spezielles Flair für Blumen. Er hat sogar eine Tulpe für mich ‚gepflückt‘!“

„Wie macht er sich eigentlich sonst so?“, fragte Tessa interessiert. „Ich meine, jetzt ist er etwas länger als vier Wochen auf eurem Hof – entspricht er deinen Erwartungen?“

„Mehr als das. Er ist wirklich ein absolut phänomenales Pferd. Ich hätte nie gedacht, dass eine solche Kombination von guten Eigenschaften überhaupt möglich ist. Er ist sanft, geduldig und anschmiegsam, und trotzdem hat er eine gewisse Rasse. Dazu ist er intelligent und lernfähig. Echt eine Super-Mischung!“

„Ich bin vor allem beeindruckt, dass du nach deinem schweren Unfall und der langen Genesungszeit überhaupt den Mut hast, wieder mit Reiten zu beginnen“, sagte Kerstin vorsichtig.

Ein dunkler Schleier legte sich über Lauras klare blaue Augen, doch innerhalb von Sekundenbruchteilen verflüchtigte er sich wieder.

„Es ist nicht mein Verdienst“, meinte sie leise. „Seit Jesus in mein Leben getreten ist, hat sich in meinem Inneren so vieles grundlegend verändert. Ich bin von den Schatten der Vergangenheit und von meinen Ängsten frei geworden. Und das hat mir auch Mut gemacht, mich wieder auf einen Pferderücken zu wagen.“

„Ich finde das echt klasse“, sagte Tessa andächtig. „Und ich freue mich, dass du gleich auch das richtige Pferd für dich gefunden hast. Du, schau mal, der schlaue Knabe blickt zu uns hin, ich glaube er hat gemerkt, dass wir von ihm sprechen.“ Sie lachte. „Diesem samtenen Blick aus seinen dunklen Augen kann ich unmöglich widerstehen – du hast doch nichts dagegen, wenn ich ihn kurz begrüße?“

Ohne Lauras Antwort abzuwarten, hüpfte sie zu Romeo und gab ihm einen sanften Klaps auf den Hals. Er legte den Kopf leicht schief, während er ein erfreutes Wiehern von sich gab.

Liebkosend fuhr sie über sein weiches Maul. „Du bist ein guter Junge, Romeo“, sagte sie leise. „Und es freut mich, dass du und Laura so gut miteinander zurechtkommt. Pass gut auf sie auf, ja?! Es darf ihr nie, nie wieder etwas zustoßen, hast du gehört?“

Der athletisch gebaute Schimmel blickte das Mädchen lange an, dann neigte er den Kopf, als würde er ein feierliches Versprechen abgeben.

Grinsend fuhr ihm Tessa mit den Fingern durch seine seidige Mähne, während sie aus den Augenwinkeln beobachtete, wie Kerstin zur Koppel ging und auf Fialar zusteuerte, der in der Nähe des Vorplatzes stand und genüsslich ein Grasbüschel nach dem anderen auszupfte. Von den beiden Stuten war nichts zu sehen.

Beschwingt verabschiedete sie sich von Romeo und machte einige Schritte auf die Koppel zu. Sie brauchte sich nicht extra auf die Weide zu bemühen, um Arabella zu holen. Das Ganze ließ sich auch einfacher bewerkstelligen. Mit einer raschen Bewegung steckte sie zwei Finger in den Mund und ließ einen lauten, durchdringenden Pfiff hören. Ein aufgeregtes Wiehern antwortete ihr. Kurz darauf preschte ein feuriges Araberpferd in vollem Galopp wie ein silberner Pfeil von der Weide her auf sie zu. Die schlanken Glieder strahlten Kraft aus, der Hals war anmutig gebogen, der Kopf wohl proportioniert und schön geformt. Wie flüssiges Silber wehten Mähne und Schweif im Wind.

Kurz vor Tessa kam das Pferd zum Stehen. Das Mädchen warf beide Arme um den Hals der grauen Araberstute, schmiegte ihren Kopf in das weiche, seidige Fell und flüsterte: „Hallo, kleine Prinzessin. Ich freue mich so, dich zu sehen. Hast du gewusst, dass du das schönste Pferd der Welt bist? Niemand kann es mit dir aufnehmen. Und du gehörst mir – mir ganz allein ..."

In diesem Moment kam Kerstin mit Fialar anmarschiert. Im Handumdrehen waren die beiden Pferde gesattelt und aufgezäumt. Die Mädchen schwangen sich in den Sattel und verabschiedeten sich von Laura, die gerade dabei war, Romeos Fell mit einer weichen Bürste auf Hochglanz zu polieren.

Sie hob den Kopf und lächelte. „Genießt den Ausritt, ihr habt ihn redlich verdient. Ach, und bevor ich es vergesse – Richard und ich fahren nächsten

Samstag für drei Wochen in die Ferien. Wir haben für diese Zeit eine Nachbarin engagiert, die jeweils morgens und abends nach den Pferden schauen wird. Für euch ändert sich in diesem Sinn nichts – einfach, damit ihr informiert seid ..."

„Ist gut, danke für die Info", riefen die beiden Mädchen, „wir sehen uns ja bestimmt vorher nochmals!" Sie winkten zum Abschied und preschten mit einem eleganten Schenkeldruck davon.

„Ich wünschte, dieser Ritt würde endlos dauern", seufzte Kerstin, als sie hinter der nächsten Wegbiegung ihr Tempo ein wenig verringerten.

„Geht mir genauso. Aber es wird so sein wie mit allen schönen Dingen – kaum haben sie begonnen, sind sie auch schon wieder zu Ende."

Und es war tatsächlich so. Zwei Stunden später hatten Tessa und Kerstin den Pferderücken wieder mit ihrem Fahrradsattel vertauscht. Schweigend radelten sie heimwärts. Kurz vor Tessas Wohnblock verabschiedeten sie sich voneinander. Kerstin bog in eine Seitenstraße ein und Tessa fuhr direkt auf den hässlichen Wohnblock zu, den sie ihr Zuhause nannte.

Nachdem sie ihr Fahrrad in den Abstellraum gebracht hatte, stieg sie die endlos scheinenden Treppenstufen hoch in den dritten Stock. Irgendwie schien ihr der Weg heute dreimal so lang wie üblich – ihre Beine waren schwer, sie fühlte sich seltsam müde und ausgelaugt.

In der Wohnung empfing sie gähnende Leere. Ihre Mutter, die als Kassiererin in einem Supermarkt arbeitete, hatte Spätschicht, und Katrina, ihre Schwester, war auf einer Bioexkursion.

Mit mechanischen Bewegungen strich sie sich ein Schinken-Mayo-Sandwich und verzog sich damit vor den Computer im Wohnzimmer. Sie startete ihn und loggte sich in ihre Mailbox ein. Dabei gähnte sie lange und herzhaft.

In ihrem elektronischen Briefkasten befand sich eine einzige Mail. Erstaunt zog sie die Brauen hoch. Der Absender war ihr gänzlich unbekannt. *BogeyMan@gmx.ch.* Wer sich wohl hinter diesem Namen verbarg? Gespannt klickte sie die Mail an – und war mit einem Schlag hellwach.

2

Mit ungläubig staunendem Blick überflog Tessa die Mail. Das konnte doch nicht sein! Sicher war das ein schlechter Witz ... Oder stand dies tatsächlich schwarz auf weiß auf ihrem Bildschirm? Langsam begann sie nochmals von vorn zu lesen.

> Hi Tessa!
> Kennst du folgenden Witz: Zwei Psychiater treffen sich. Fragt der eine: „Was machst du in den Sommerferien?“ Antwortet der andere: „Ich weiß es noch nicht, aber ich bin froh, dass wir darüber sprechen konnten.“
> Mir geht es im Moment ziemlich ähnlich – ich weiß auch nichts, außer dass ich unbedingt darüber sprechen muss ...
> I LOVE YOU, BABE, UND ICH MÖCHTE DICH UNBEDINGT NÄHER KENNEN LERNEN!!!
> Ich habe für nächsten Samstag zwei Konzertkarten für das Rolling-Stones-Konzert besorgt. Bist du dabei?
> Bitte gib mir auf jeden Fall Bescheid. I WILL ALWAYS LOVE YOU – sei es als Freund oder auch nur als guter Kollege.
> Domian

Tessa schüttelte wild den Kopf. *Nein, nein und nochmals nein!* Sie wollte doch gar keine solche Mail kriegen ... Was hatte sie bloß falsch gemacht? Domian, dieses zynische Ekel mit der schmierigen

Schlabberkleidung und der leicht öligen Stimme, war beim bestem Willen nicht ihr Typ.

Obwohl – eigentlich war er gar nicht so übel, wie sein Äußeres vermuten ließ. Sie hatten nach den Redaktionssitzungen der Schülerzeitung hin und wieder miteinander diskutiert, und er war ein erstaunlich interessanter Gesprächspartner. Eine Zeit lang hatte sie gedacht, dass er mit Sasa befreundet sei, aber die zog schon seit Wochen mit den Neopunks der Schule herum – also musste sie sich wohl getäuscht haben.

Gedankenverloren glitten ihre Augen nochmals über die Mail. Eigentlich war es ja ganz rührend, was er geschrieben hatte. Aber trotzdem – außer Mitleid empfand sie nichts für ihn.

Ihre Liebe gehörte einem anderen. *Ruben.* Nur schon der Gedanke an seine tiefe, warme Stimme ließ ihr Herz höher schlagen. Ein Gefühl der Wärme durchrieselte sie, wenn sie an sein ansteckendes Lächeln dachte, das manchmal fröhlich, manchmal zurückhaltend und manchmal auch etwas ironisch war. Seine grün-braunen Augen bestanden aus tausend Pünktchen, die wie lustige Kobolde auf und ab tanzten.

Obwohl sie nach wie vor nicht offiziell befreundet waren und ihre Beziehung – von ein paar flüchtigen Berührungen abgesehen – rein platonischer Natur war, war es für sie beide doch sonnenklar, dass sie zusammengehörten.

Nein – Domian hatte bei ihr keine Chance. Sie würde ihm morgen zurückschreiben und hoffen, dass er von ihrer Absage nicht allzu enttäuscht war. Heute war sie zu müde, um eine auch nur halbwegs vernünftige Mail zustande zu bringen.

* * *

Tessa warf einen verzweifelten Blick auf ihre Armbanduhr, als sie am nächsten Morgen vom Fahrradständer zum Schulhaus hastete. Es blieben ihr noch genau eineinhalb Minuten bis zum Unterrichtsbeginn.

Sie hatte eine sehr unruhige Nacht verbracht. In ihren wirren Träumen waren abwechselnd Domian und Ruben vorgekommen. Seltsam, dass Domians E-Mail sie derart aufwühlte.

Sie hetzte an einigen Schülern vorbei, die sich gelangweilt in einer Mauernische vor der Eingangstür herumdrückten. Aus den Augenwinkeln erkannte sie Sasa und zwei ihrer neuesten Freunde – Edelpunks mit blond-schwarz gesprenkelten Irokesenfrisuren.

Bevor sie Sasa einen schüchternen Gruß zurufen konnte, hatte sich einer der Punks erhoben. Drohend stellte er sich ihr in den Weg.

„Na, Küken, willste Zoff?", fragte er mit gelangweilter Stimme.

Tessa schluckte. Noch vor wenigen Monaten hätte sie bei einer solchen Konfrontation rechtsumkehrt gemacht und wäre mit Riesenschritten getürmt. Doch seit sie einen Selbstverteidigungskurs für Mädchen besucht hatte, und vor allem, seitdem sie wusste, dass Jesus immer bei ihr war, hatte sie gelernt, solche Situationen anders anzugehen.

Obwohl ihr das Herz bis zum Hals klopfte, blieb sie in einer lockeren Haltung vor dem Kerl, der sie um mindestens einen halben Kopf überragte, stehen. Gelassen blickte sie ihm in die Augen.

„Ich glaube eher, dass hier jemand anders Zoff will", entgegnete sie ruhig, „und den sollst du auch haben, wenn du jetzt nicht unverzüglich den Weg frei machst."

Der Junge mit der Irokesenfrisur, der im ganzen Gesicht gepierct war, starrte sie mit unbeweglicher Miene an. Sie wich seinem Blick nicht aus.

Endlich trat er einen Schritt zur Seite. „Denk daran, Küken, das nächste Mal bin ich vielleicht nicht in einer so spendablen Laune“, knurrte er.

Tessa beachtete ihn nicht weiter und ging mit großen Schritten durch die Eingangstür ins Schulhaus. Soeben ertönte der bekannte Dreiklang, der den Unterrichtsbeginn ankündigte. Sie beschleunigte ihr Tempo und erreichte fast gleichzeitig mit Mister Faulkner das Schulzimmer. Mit einem verlegenen Lächeln drückte sie sich an ihm vorbei.

Das beklemmende Gefühl, das sie schon beim Aufwachen verspürt hatte, verließ sie den ganzen Morgen hindurch nicht. *Was war bloß der Auslöser dafür?* War es die unruhige Nacht oder Domians E-Mail oder die Nerven aufreibende Konfrontation vor dem Schulhauseingang? Egal, sie war sicher, dass heute Mittag alles wieder im Lot sein würde. Dann würde sie Ruben in der Bibelgruppe treffen. Sein liebevoller Blick und seine fürsorgliche Aufmerksamkeit würden ihr helfen, ihr inneres Gleichgewicht wieder zu finden.

Nach vier fast endlos scheinenden Lektionen war es endlich so weit. Immer zwei Stufen auf einmal nehmend, stürmten Tessa und Kerstin die Treppen zum Begegnungsraum hoch. Sie waren heute nur zu zweit – Tino, der immer noch den Beleidigten spielte, hatte es vorgezogen, Kerstin mit seiner Abwesenheit zu strafen.

Da sich der Begegnungsraum in einem anderen Gebäudetrakt der Schulanlage befand, waren sie wie üblich unter den Letzten, die sich zum Bibelgruppen-Meeting einfanden.

Mit einem schüchternen Lächeln betrat Tessa den Raum. Ruben hatte ihr wie gewohnt einen Platz frei gehalten. Sie setzte sich – und spürte schon im ersten Moment, dass etwas nicht stimmte. Sonst begrüßte sie Ruben jeweils mit einem freudigen Aufleuchten in seinen grün-braunen Augen, doch heute hob er kaum den Kopf. Seine Lippen murmelten etwas Unverständliches, dann wandte er sich von ihr ab und starrte mit abwesendem Blick vor sich hin.

Tessa verspürte einen schmerzhaften Stich. So war ihr Ruben bisher noch nie begegnet. Hatte sie vielleicht etwas falsch gemacht?

Während der Bibelarbeit konnte sie sich überhaupt nicht konzentrieren. Immer wieder linste sie verstohlen zu Ruben, der kein bisschen aus seiner Teilnahmslosigkeit erwachen wollte. Seine Lippen waren fest zusammengepresst, seine Haltung apathisch und sein Blick stur geradeaus gerichtet.

Nach der abschließenden Diskussionsrunde atmete Tessa auf. Vielleicht erzählte ihr Ruben nun endlich, was der Grund für sein seltsames Benehmen war. Vielleicht hatte es ja gar nichts mit ihr zu tun, und der ganze Druck, der sich während der vergangenen Stunde wie ein Albtraum angefühlt hatte, würde sich ohne großes Aufheben wieder verflüchtigen.

Doch sie wurde enttäuscht. Ruben blieb einsilbig, auch als sie ihn wiederholt zum Reden aufforderte.

In ihrem Hals begann sich ein dicker Kloß zu bilden. Sie schluckte krampfhaft und fragte dann mit dünner Stimme: „Habe ich irgendwas falsch gemacht?“

Ruben schüttelte den Kopf. „Hast du nicht. Aber stell jetzt bitte einfach keine weiteren Fragen mehr, okay?“

„Aber dann – dann – können wir vielleicht morgen darüber reden? Weißt du, für mich ist es wichtig zu wissen, was dich beschäftigt."

Wieder schüttelte Ruben den Kopf.

„Es ist echt lieb von dir, Tessa, wirklich", sagte er mit einem verlegenen Auflachen, „aber ich kann im Moment einfach nicht. Ich glaube, es wäre ohnehin besser, wenn wir morgen nicht zusammen essen gehen. Ich – ich brauche im Moment einfach ein bisschen Abstand."

Tessa fühlte sich, als hätte sie soeben eine schallende Ohrfeige mitten ins Gesicht gekriegt. Sie blickte Ruben ungläubig an.

„Du meinst das aber nicht etwa im Ernst?", stotterte sie.

Ruben antwortete nicht.

Plötzlich spürte sie, wie die alte Mauer, die sie wie einen Panzer jahrelang um sich herum aufgebaut hatte und die in den letzten Monaten Stück um Stück in sich zusammengefallen war, wieder zu ihrer ursprünglichen Größe anwuchs. Ihr Herz wurde zu eiskaltem Stein.

Sie straffte die Schultern.

„Gut", sagte sie ruhig und emotionslos, „dann eben nicht."

Mit einer geschmeidigen Bewegung erhob sie sich von ihrem Sitz und steuerte zielstrebig auf die Tür zu. Ohne einen Blick zurückzuwerfen, schlüpfte sie aus dem Raum.

Kaum war sie draußen, schlug sie die Hände vors Gesicht und strich mit den Fingern über ihre schmerzenden Augen. *Nicht weinen,* redete sie sich selber zu, *du bist kalt, kalt wie Stein. Nichts und niemand kann dir etwas anhaben. Nur ruhig bleiben, das ist alles. Keine Gefühle zeigen, dann kann dich niemand verletzen.*

Plötzlich ballte sie die Fäuste. In ohnmächtiger Wut trommelte sie in die Luft. Am liebsten hätte sie irgendeinen schweren Gegenstand an die Wand geknallt oder sonst was in die Brüche gehen lassen. Doch dann sackten ihre Schultern zusammen, und sie fühlte sich einfach nur noch müde und verlassen.

Mit hängendem Kopf trottete sie zu ihrem Fahrrad. Sie war froh, dass Kerstin ihren Abgang nicht mitbekommen hatte. Sie hätte im Moment weder Mitleid noch Anteilnahme noch irgendwelche Fragen ertragen.

Mechanisch radelte sie Richtung *Katzenhof*. Ihr Kopf war leer, ihr Herz stumpf und wie betäubt. Ihre Gedanken drehten sich orientierungslos im Kreis – hin und her, her und hin.

Als sie beim *Katzenhof* ankam, war es zwanzig vor zwei. Sie öffnete das große Eisentor, lehnte ihr Fahrrad an den Zaun und wollte eben auf leisen Sohlen im Stall verschwinden.

„Hallo, Tessa!", rief plötzlich eine kräftige Männerstimme.

Sie zuckte zusammen und blickte verdutzt auf die massige Gestalt, die vom herrschaftlichen Gutshaus her auf sie zu geschritten kam. Ihr Herz setzte einen kurzen Moment aus. Richard! Und das ausgerechnet heute! Seit Laura wieder gesund war, war er zwar erheblich ausgeglichener geworden, doch im Innersten fürchtete Tessa sich immer noch vor seinem aufbrausenden Wesen und seiner lauten Stimme.

Wie üblich trug er einen eleganten, modischen Anzug und blank polierte Schuhe.

Tessa brachte ein verkrampftes Lächeln zustande. „Hallo, Richard", murmelte sie.

„Na, ein kleiner Ausritt gefällig heute?" Seine Stimme klang laut und dröhnend.

Tessa nickte nur.

„Dann wünsche ich den beiden Damen mal viel Vergnügen!“ Er lachte schallend, als hätte er soeben einen guten Witz gemacht, und schritt gut gelaunt zu seinem Auto, einem Mercedes S-Klasse.

So schnell sie konnte, verschwand Tessa im Stall. Mit mechanischen Bewegungen mistete sie Arabellas Box aus. Anschließend schüttete sie frisches Stroh auf den Boden und füllte den Futtertrog mit frischem Pferdefutter. Gedankenverloren nahm sie Sattel und Zaumzeug von der Wand und trat damit in den Hof.

Genau in diesem Moment öffnete sich die Haustür und Lauras schlanke Gestalt erschien in der Türöffnung.

„Hallo, Tessa“, rief sie fröhlich, „wie geht es dir? Du bist heute ja echt früh dran – sonst kommst du doch am Mittwoch immer etwas später, nicht wahr?“

Tessas Stimmung sank in eisige Minusregionen. Lauras beschwingte Fröhlichkeit tat ihr im Moment richtig weh. Sie lächelte schwach.

„Mir geht es gut, danke. Und dir?“

„Mir auch, wirklich. Ich bin so dankbar, du kannst es dir gar nicht vorstellen. Aber“, Laura trat einen Schritt näher und blickte Tessa aufmerksam ins Gesicht, „geht es dir wirklich gut? Irgendwie habe ich das Gefühl, dass es dir auch schon besser gegangen ist. Hast du etwas Trauriges erlebt? Möchtest du darüber sprechen?“

„Mir geht es gut, ehrlich“, sagte Tessa kühl, „da gibt es nichts, worüber ich mit dir sprechen könnte.“

„Na, dann bin ich ja beruhigt.“ Lauras Stimme klang nicht sehr überzeugt.

„Also, ich muss weiter. Arabella erwartet mich sicher schon.“ Ohne Laura nochmals in die Augen zu blicken, ging Tessa davon.

Doch auch der Ausritt mit Arabella brachte ihr nicht die ersehnte innere Ruhe. Gewöhnlich verspürte sie beim Reiten ein solch abgehobenes Glücksgefühl, dass ihre Sorgen und Probleme fast von alleine an Wichtigkeit und Schwere verloren.

Aber heute wollte sich dieses Glücksgefühl einfach nicht einstellen. Ihr Herz blieb leer – so leer wie ein von der Sommerhitze ausgetrocknetes Flussbett. Innerlich müde und erschöpft, lenkte sie Arabella schließlich zum *Katzenhof* zurück.

* * *

„Tessa, würdest du bitte den Tisch fürs Abendessen decken?", rief Frau Caprez nun schon zum dritten Mal.

Von Tessa kam keine Reaktion. Sie hockte in ihrem Zimmer und hatte sich die Ohrstöpsel ihres Kopfhörers in beide Ohren gestopft. Die Musik, die sie hörte, war so dröhnend laut, dass sie von der Außenwelt nichts mehr mitbekam.

Plötzlich wurde ihre Zimmertür aufgerissen. Mit einer ärgerlichen Grimasse auf dem Gesicht stampfte Katrina in den Raum.

„Hörst du denn gar nichts?", brüllte sie. „Mama ruft dich jetzt schon zum dritten Mal, und du tust so, als wäre sie einfach Luft!"

Tessa wandte nicht einmal den Kopf. Gedankenverloren trommelte sie mit den Fingern den Takt auf die Tischplatte.

Wütend trat Katrina hinter sie und riss ihr die Stöpsel aus den Ohren. Wie aus allen Wolken gefallen, fuhr Tessa auf.

„Was trampelst du einfach wie ein Elefant in mein Zimmer? Findest du es etwa witzig, mich dermaßen zu erschrecken?", schrie sie ihre Schwester an.

„Und du – was hockst du einfach hier rum?“, schrie Katrina zurück. „Hast du nicht gehört, wie Mama dich gerufen hat?“

„Nein, habe ich zufällig nicht! Und ich wüsste auch nicht, was das dich angehen sollte! Wenn Mama mich ruft, dann soll sie gefälligst selbst nachsehen. *Du* hast hier jedenfalls gar nichts verloren!“

„Aha, ist das etwa die neue fromme Masche?“, fragte Katrina sarkastisch. „Ehre Vater und Mutter – oder wie heißt es so schön in der Bibel, hm?“

„Jetzt reicht's aber!“, brüllte Tessa. „Raus hier, und zwar ein bisschen plötzlich!!“

„Nanu, was ist denn hier los?“ Mit zögernden Schritten betrat Frau Caprez das Zimmer. Ihre ehemals hübschen Gesichtszüge waren verhärmt, der Ausdruck ihrer Augen müde und mutlos.

„Mein tugendhaftes Schwesterherz hat heute das Gefühl, dass sie sich ihren familiären Pflichten entziehen kann“, meinte Katrina mit einem leicht triumphierenden Unterton in der Stimme.

Frau Caprez blickte ihre ältere Tochter fragend an.

Tessa schwieg. Sie hielt den Kopf gesenkt und spielte mit einer hellblauen Haarklammer, die auf ihrem Schreibtisch lag. Dann platzte es plötzlich aus ihr heraus: „Ach, lasst mich doch einfach bitte in Ruhe. Ich habe keinen Hunger, ich möchte nichts essen, und ich möchte jetzt einfach allein sein. Könnt ihr das denn gar nicht verstehen?“

„Doch, klar können wir das verstehen“, sagte Frau Caprez ruhig. „Komm, Katrina, dann essen wir eben zu zweit.“ Sie ging zur Tür, doch bevor sie das Zimmer verließ, wandte sie sich nochmals um. „Ich hebe dir etwas Kleines auf, Tessa, falls du später trotzdem ein wenig Appetit haben solltest. Wer weiß, vielleicht sieht in einer halben Stunde alles wieder anders aus.“

Tessa biss die Zähne zusammen und drehte den Kopf zur Wand. Gar nichts würde anders aussehen. Ruben hatte sie heute tief verletzt, und diese Wunde konnte nicht so schnell wieder geheilt werden.

3

Am nächsten Morgen erwachte Tessa mit einem Riesendruck auf der Brust. Zunächst konnte sie sich nicht erinnern, was die Ursache dafür war, doch dann fiel es ihr plötzlich wieder ein. *Ruben.* Sein seltsames Benehmen am Vortag und seine Weigerung, heute mit ihr essen zu gehen.

Sie seufzte tief. Vielleicht war ja alles gar nicht so schlimm. Vielleicht hatte sich sein Problem über Nacht gelöst, und alles war wieder wie früher. Oder hatte sie die ganze Sache bloß geträumt?

Nein. Traurig schüttelte sie den Kopf. Es war sinnlos, sich selbst zu täuschen. Ruben wollte sich eindeutig von ihr distanzieren, obwohl sie keine Ahnung hatte, was der Grund dafür war.

Lustlos und aus bloßer Gewohnheit absolvierte sie ihre „stille Zeit". Der heutige Bibelabschnitt sagte ihr überhaupt nichts, und ihre Gebete blieben wie müde Fliegen an der Zimmerdecke kleben. Mit bleischwerem Herzen machte sie sich auf den Schulweg.

„Hey, Tessa", begrüßte Kerstin sie, als sie ins Schulzimmer trat, „wo hast du gestern Nachmittag bloß gesteckt? Ich habe dich die ganze Zeit auf dem *Homberg* erwartet, und du bist einfach nicht aufgekreuzt."

Tessa schlug sich erschrocken mit der Hand auf den Mund. „Ups, das tut mir jetzt wirklich Leid – ich habe es glatt vergessen."

Kerstin kniff die Augen zusammen. „Vergessen?? Einfach so? Das glaube ich dir nicht! Da steckt mehr dahinter. Sonst kommst du doch jeden Mittwoch mit mir zum *Homberg*."

„Es stimmt aber“, verteidigte sich Tessa, „ich bin mit Arabella ausgeritten und plötzlich – plötzlich waren drei Stunden vergangen, ich weiß echt nicht, wie, und dann – dann musste ich nach Hause, und – und Arabella musste noch versorgt werden, und so weiter.“

„So?“ Kerstins Stimme klang leicht ungläubig. Mit einer eleganten Bewegung warf sie ihr langes Haar über die Schulter und meinte dann: „Karin hat gestern auch auf dich gewartet. Sie möchte, dass wir ihr bei der Suche nach einem neuen Schulpferd behilflich sind. Es sollte ein Rassepferd sein, ungefähr so wie Viola oder Moskito. Und es darf nicht allzu viel kosten. Sie hat gemeint, dass wir uns vielleicht mal im Internet umsehen könnten.“

„Geht in Ordnung. Möchte sie eine bestimmte Rasse?“

„Am ehesten einen Friesen oder einen Hannoveraner, aber es kann auch eine andere Rasse sein – Hauptsache, das Pferd hat Schwung und ist trotzdem geduldig und anpassungsfähig.“

„Okay, dann werde ich mich mal auf die Suche machen“, sagte Tessa gleichmütig.

Kerstin blickte sie prüfend an. „Du, sag mal, was ist denn mit dir los? Ich werde das Gefühl nicht los, dass dich etwas bedrückt.“

Tessa zuckte mit den Schultern. „Es ist nichts“, murmelte sie, „es geht mir gut, wirklich.“

Kopfschüttelnd setzte sich Kerstin auf ihren Platz. „Also, wenn du trotzdem irgendwann mal Lust hast, darüber zu sprechen, kannst du das jederzeit tun“, brummte sie. „So leicht lässt sich eine alte Freundin nicht täuschen.“

Die Schulstunden krochen an diesem Morgen noch langsamer dahin als sonst. Tessa war mit ihren Gedanken überhaupt nicht bei der Sache. Immer wieder überlegte sie, ob Ruben in der Mittagspause vielleicht nicht doch auf sie wartete.

Nach der letzten Schulstunde schritt sie im Eiltempo zum Mensaeingang, ihrem üblichen Treffpunkt. Gespannt blickte sie um die Ecke. Da – war das nicht Ruben? Einen glücklichen Augenblick lang empfand sie einfach nichts als überströmende Erleichterung, die dann ganz schnell ins Gegenteil umschlug, als sie bemerkte, dass sie sich getäuscht hatte. Es war nicht Ruben, sondern ein anderer Junge, der sich gelangweilt vor dem Mensaeingang herumdrückte.

Wütend biss sie die Zähne zusammen. Es war aus. Definitiv. Ruben wollte nichts mehr von ihr wissen. Grundlos hatte er sich zurückgezogen und ihr nicht einmal die Chance gegeben, über die Sache zu sprechen. Was war bloß falsch gelaufen?

Unendlich müde reihte sie sich in die Warteschlange vor der Selbstbedienungstheke ein. Ihre Augen glitten ziellos über die Schülerkolonne vor ihr und blieben an einem mittelgroßen Jungen in einem knallorangen, überlangen Kapuzenpullover hängen. Domian! Den hatte sie in ihrem momentanen Gefühlschaos doch glattweg vergessen! Dabei war sie ihm doch unbedingt noch eine Antwort wegen seiner Einladung zum Stones-Konzert vom nächsten Samstag schuldig.

Unwillkürlich duckte sie sich hinter ihren Vordermann. Wenn Domian sie nur nicht entdeckte! Sie hatte keine Ahnung, wie sie ihm begegnen sollte. Ignorieren? Kalt abblitzen lassen? Oder ...

Plötzlich kam ihr ein abenteuerlicher Gedanke. Weshalb nahm sie seine Einladung nicht einfach an? Damit würde sie Ruben deutlich demonstrieren, dass sie nicht auf ihn und seine seltsamen Launen angewiesen war.

Vorsichtig linste sie hinter dem Rücken ihres Vordermanns hervor. Domian sah bei weitem nicht so gut aus wie Tino oder Ruben. Sein braunes, leicht fettiges Haar hing ihm bis über die Augen. Er trug eine dunkle Schirmmütze mit der Aufschrift *JOOP!*, und am oberen Rand seines linken Ohrs blitzte ein breiter silberner Clip.

Tessa biss sich auf die Lippen. Auf seine Art mochte er ja in Ordnung sein, aber ihr Typ war er definitiv nicht. Und trotzdem – die Tatsache, dass er sich für sie interessierte, machte ihn im Moment in ihren Augen fast liebenswert.

Sie hob entschlossen den Kopf. Sie wusste zwar noch nicht, wie sie ihm antworten sollte, dennoch spürte sie, wie ihr Selbstwertgefühl langsam zurückkehrte. Sie war doch nicht ganz wertlos. Ruben mochte sich verhalten, wie er wollte – es änderte nichts an der Tatsache, dass sie auch für andere Jungs interessant war.

Mittlerweile war sie bei der Essensausgabe angelangt. Sie nahm eine große Portion Spaghetti Carbonara und steuerte damit zur Kasse. Domian war nicht mehr zu sehen. Sie bezahlte, dann ging sie mit ihrem Tablett ein wenig ziellos durch den großen Speiseraum. Am liebsten hätte sie sich irgendwo im hintersten Winkel des Raums verkrochen, doch bevor sie ihren Wunsch in die Tat umsetzen konnte, wurde sie von Irmela, die mit Kerstin, Manu und Tino an einem Tisch in der Nähe des Fensters saß, erspäht.

Mit weit ausladenden Armbewegungen winkte sie ihr zu.

Tessa zögerte einen kurzen Augenblick, dann lenkte

sie ihre Schritte zaghaft zum Tisch ihrer Klassenkameraden.

„Hey, Tessa, seit wann bist du am Donnerstag allein unterwegs?“, fragte Irmela neugierig.

„Hat dein Herzblatt etwa eine andere?“ Tino konnte sich ein hämisches Grinsen nicht ganz verkneifen.

„Lass sie doch in Ruhe!“, fuhr Kerstin ihn an. „Auf diese Art von Bemerkungen können wir in unserer Gruppe ganz gut verzichten!“

Tessa stellte gelassen ihr Essen auf den Tisch, angelte sich einen freien Stuhl und blickte ihre Freunde der Reihe nach an.

„Ruben hatte heute was anderes vor“, sagte sie leichthin, „kann doch mal vorkommen, oder?“

„Schon gut, schon gut“, erwiderte Tino beschwichtigend, „ich hab's ja gar nicht so gemeint, Mann.“

„Kehren wir lieber zu unserem spannenden Diskussionsthema zurück.“ Manu, der gerade die letzten Reste seiner Spaghetti vertilgte, wedelte eifrig mit seinem Besteck in der Luft. „Wir sprachen gerade über den ‚Mythos des Sisyphos‘ von Albert Camus“, erklärte er Tessa. „Ich finde es einfach genial, wie Camus die Sache angeht. Die griechische Mythologie befasst sich vor allem mit den Qualen des Sisyphus und beschreibt minutiös, welcher Art seine Bestrafung im Totenreich ist. Wie er immer wieder diesen schweren Stein den Berg hochwuchten muss, und kaum ist der Riesenklotz endlich oben, rollt er wieder zurück ins Tal. Die Qual des Hochstemmens beginnt von Neuem. Schrecklich, nicht? Camus jedoch beleuchtet etwas, das die Mythologie völlig außer Acht lässt – die Zeitspanne nämlich, in der Sisyphus den Berg heruntersteigt. Die bloße Idee schon, den Fokus auf diesen Zeitraum zu richten – einfach genial!“

„Ich kann damit nicht viel anfangen", meinte Irmela achselzuckend. „Wie kommt Camus nur auf den Gedanken, dass sich Sisyphus in dieser Zeitspanne frei und glücklich fühlt, wenn er doch weiß, dass unten der Stein wieder auf ihn wartet?"

„Das ist doch sonnenklar", fuhr Manu eifrig fort. „Während des Heruntersteigens hat er Zeit und Energie, um sich mit seinem Schicksal auseinander zu setzen. Einerseits steht er in diesem Moment über seinem Schicksal und verachtet es, andererseits ist es für ihn zu einer Art Lebensaufgabe geworden, die seinem Dasein einen Sinn gibt." Er strahlte über das ganze Gesicht. „Alles an dieser Geschichte ist so genial absurd. Und dies hilft uns, mit der Absurdität unseres eigenen Lebens besser umzugehen."

„Mensch, Manu, nun mach mal halblang", mischte sich Tino ins Gespräch ein, *„die Absurdität unseres eigenen Lebens* – findest du nicht, dass dies ein wenig abgehoben klingt?"

„Nein, überhaupt nicht", verteidigte sich Manu. „Unser Leben ist doch wirklich absolut absurd. Jeden Tag derselbe Trott – aufstehen, essen, Schule, Hausaufgaben, essen, schlafen und so weiter. Wofür leben wir im Endeffekt? Unser Leben ist genauso sinnlos wie der Stein, den Sisyphus den Berg hochwälzen musste – ein ewiger Kreislauf, der nie zum Ziel führt."

Irmela verdrehte gelangweilt die Augen. „Unser Philosoph ist wieder mal voll in Aktion. Könnten wir nicht vielleicht von was anderem sprechen? Ich komme da echt nicht mehr mit."

Ohne Irmelas Einwand zu beachten, redete Manu sich weiter in Fahrt. „Nur wenn wir unser Schicksal innerlich verachten", verkündete er mit großen Augen, „können wir frei und glücklich sein."

„Dies klingt mir ein wenig zu theoretisch", wandte Kerstin, die sich bis dahin nicht groß an der Diskussion beteiligt hatte, ein. „Was würdest du tun, wenn du ein wirklich schweres Schicksal zu tragen hättest? Würdest du das Ganze dann auch noch so philosophisch sehen?"

„Ich denke schon, dass man auch dann sein Schicksal auf diese Weise meistern könnte", meinte Manu diplomatisch, „indem man es nämlich zu einem Teil seines Menschseins macht und darin den Sinn und die Erfüllung des eigenen Lebens findet."

„Ist das alles?", fragte Kerstin zurück. „Ist das nicht eine armselige Erfüllung des Lebens, wenn sie bloß darin besteht, sich mit seinem Schicksal zu identifizieren? Hast du keine höheren Ideale? In der Bibel steht, dass Gott dem Menschen die Ewigkeit ins Herz gegeben hat. Im Herzen des Menschen gibt es ein Sehnen nach höheren, größeren Dingen als der bloßen Identifikation mit dem eigenen Schicksal."

„Und wo, bitte, finden sich diese großen, erhabenen Dinge?", fragte Manu spöttisch. „In unserer korrupten Welt etwa, die in ihrer eigenen Ungerechtigkeit ersäuft? Oder in den großartigen Fortschritten der Wissenschaft, die unseren Planeten langsam, aber sicher zerstören? In der schöngeistigen Philosophie? Oder vielleicht in der Religion?"

„Nein, weder noch", antwortete Kerstin mit fester Stimme. „Nur Gott selbst kann die Ewigkeit in unseren Herzen ausfüllen. Und zwar in der Person von Jesus, der Gott ist und Mensch wurde und uns durch sein Leben, seinen Tod und seine Auferstehung gezeigt hat, was Gnade, Liebe und Wahrheit in ihrer letzten Konsequenz wirklich bedeuten."

Tino verzog den Mund zu einer abschätzigen Grimasse. „Ach, du mit deinem Jesus", stöhnte er,

„kannst du uns nicht einfach mal in Ruhe lassen damit? Dieses Lied kenne ich nämlich schon in- und auswendig."

Tessa, die dem Gespräch mehr oder weniger aufmerksam gefolgt war, hob plötzlich abrupt den Kopf. Dort vorn ging Ruben und neben ihm – neben ihm, im Gleichschritt, ein Mädchen aus einer der unteren Klassen! Tessa kannte sie vom Sehen, hatte jedoch noch nie direkt mit ihr Kontakt gehabt. Sie war weder besonders hübsch noch sonst irgendwie bemerkenswert, doch allein die Tatsache, dass Ruben sie zu seiner Begleiterin auserkoren hatte, ließ Tessas eben erst wieder aufgeflackertes Selbstwertgefühl zurück auf den Nullpunkt sinken.

Hatte er vielleicht eine neue Freundin? War er deshalb ihr gegenüber plötzlich ohne ersichtlichen Grund auf Distanz gegangen? Der Gedanke war fast zu absurd, um wahr zu sein – oder etwa doch nicht??

Plötzlich hielt sie es nicht mehr aus, tatenlos am Tisch zu sitzen und einer Diskussion zuzuhören, die sie nicht im Geringsten interessierte. Ruckartig erhob sie sich und deckte dabei ihren noch halb vollen Spaghettiteller säuberlich mit einer Papierserviette zu.

„Ich – ich muss noch die Englischvokabeln für heute Nachmittag büffeln", sagte sie mit gepresster Stimme, als der Rest der Clique erstaunt zu ihr hinblickte.

Ohne sich nochmals umzuwenden, ging sie mit ihrem Tablett davon.

* * *

„Na, dann also bis heute Abend im Teenkreis!" Gut gelaunt verstaute Kerstin ihre Schultasche auf dem Gepäckträger und wollte sich soeben auf ihr Rad schwingen, als Tessas tonlose Stimme sie mitten in der Bewegung erstarren ließ.

„Tut mir Leid – ich komme heute nicht."

„Waas? Wie bitte? Willst du mich auf den Arm nehmen?"

„Nein", Tessa zuckte mit den Schultern, „ich meine es ernst. Ich glaube, ich bin heute einfach zu müde dazu."

„A-aber, du warst auch schon müde, und dann bist du trotzdem gekommen."

„Mag sein, aber heute bin ich definitiv zu müde. Kann ja mal vorkommen, oder?"

Kerstin suchte Tessas Blick, doch diese hielt den Kopf demonstrativ gesenkt, während sie achtlos an ihrem Rad herumhantierte.

„Du – du hast Probleme, Tessa", sagte Kerstin endlich nach einer langen, verlegenen Pause. „Willst du nicht mit mir darüber sprechen?"

„Nein", entgegnete Tessa mit heiserer Stimme, „zufälligerweise habe ich keine Lust, mit irgendjemandem über irgendetwas zu sprechen."

Mit einem resignierten Schulterzucken bestieg Kerstin ihr Rad. „Falls du trotzdem vielleicht mal Lust zum Reden verspüren solltest, dann weißt du ja, dass ich immer für dich da bin."

Sie warf ihrer Freundin einen letzten, unsicheren Blick zu und fuhr dann zögernd los.

Tessa presste die Lippen zusammen, während in ihren Augen plötzlich ein seltsames Brennen aufstieg. *Jetzt nur nicht losheulen,* sprach sie sich selbst Mut zu. Sie atmete einige Male tief durch, bis das Brennen in ihren Augen langsam nachließ. Dann setzte sie sich auf ihr Rad und begann wie ein perfekt programmierter Roboter in die Pedale zu treten.

Zu Hause angekommen, verdrückte sie sich

sogleich in ihr Zimmer. Sie war richtig froh, dass ihre Mutter Spätschicht hatte und ihr deshalb keine unangenehmen Fragen stellen konnte. Von Katrina drohte ebenfalls keine Gefahr. Sie hatte sich in ihrem Zimmer verschanzt wie ein Raubritter in seiner Felsenburg. Nur der dröhnende Sound aus ihrer Musikanlage signalisierte, dass sie überhaupt anwesend war.

Tessa setzte sich auf ihr Bett, stützte das Kinn in ihre beiden Hände und starrte geistesabwesend vor sich hin. Ihre Gedanken drehten sich unablässig im Kreis. Sie fühlte sich, als würde sie in einem luftleeren Raum schweben. Alles um sie herum schien den Atem anzuhalten und in ängstlicher Spannung auf ihren Aufprall auf dem harten Boden zu warten.

Endlich, nach langer Zeit, erhob sie sich und schlich ins Wohnzimmer. Hunger verspürte sie keinen. Sie startete den PC und loggte sich ins Internet ein. Zuerst surfte sie eine Zeit lang ziellos von Website zu Website, bis sie sich plötzlich daran erinnerte, dass Kerstin am Morgen in der Schule erzählt hatte, dass Karin ein neues Schulpferd für den *Homberg* suchte.

Schnell wählte sie ihre Lieblings-Pferde-Homepage an, den *Pferde-Club.ch*. Sie hatte sich dort vor einiger Zeit als Klubmitglied registrieren lassen, weil ihr das Angebot der Homepage so gut gefiel. Da gab es einen Pferdechat, viele News und Informationen über Pferdedressur, eine Liste sämtlicher Reiterhöfe in der Schweiz und eine virtuelle Pferdebörse.

Sie linkte sich in die Pferdebörse ein und prüfte mit sachkundigem Blick die verschiedenen Angebote. Was hatte Kerstin gesagt? *Das Pferd sollte Schwung haben und dabei geduldig und anpassungsfähig sein.* Das kam ja fast einer Quadratur des Zirkels gleich!

Die meisten der angebotenen Pferde waren zahm und geduldig, schienen aber kein Temperament zu besitzen. In einem Inserat wurde ein temperamentvoller Vollblutaraber für erfahrene Reiter angepriesen – also auch kein ideales Schulpferd.

Doch dann, plötzlich, stieß sie auf eine Anzeige, die ihr Herz höher schlagen ließ.

> 5-jähriger Hannoveraner-Wallach, Stm. 168 cm,
> Dressur L/M, Springen M/A, geländesicher,
> schmiede- und verladefromm, besitzt 3 sehr gute Grundgangarten,
> schwungvolle, elastische Bewegungen, beste Bergaufgaloppade,
> interessanter Preis!
> E-Mail an jana18@aol.com

Tessa lächelte zufrieden. Dies war genau das Pferd, das sie suchte! Sie speicherte die Anzeige samt E-Mail-Adresse und loggte sich in ihr Mailprogramm ein. Zuerst würde sie dieser jana18@aol.com eine E-Mail schreiben und sie um weitere Informationen über ihren Hannoveraner-Wallach bitten.

Und dann – dann würde sie noch eine E-Mail schreiben. Sie strich sich nachdenklich mit den Fingern übers Kinn, während vor ihren Augen das Bild eines Jungen auftauchte. Er hatte halblange, etwas strähnige Haare und trug einen knallorangen Kapuzenpullover und eine verkehrt aufgesetzte Schirmmütze mit der Aufschrift *JOOP!* ...

4

Mit einem ärgerlichen Auflachen starrte Tessa auf die Mail, die sie soeben erhalten hatte.

Es war Samstag, sie hatte schulfrei und eigentlich allen Grund, um diesen Tag in vollen Zügen zu genießen, wenn – ja, wenn das Leben nicht so kompliziert gewesen wäre.

Es war einfach alles verkehrt. Ruben, der ihr unheimlich viel bedeutete, distanzierte sich mit jedem Tag weiter von ihr, während Domian, von dem sie eigentlich überhaupt nichts wissen wollte, alles unternahm, um sie für sich zu gewinnen.

Wieder starrte sie auf die Mail, die er ihr als Antwort auf ihre Absage geschickt hatte. Er schrieb, dass er sie verstehen würde und dass sie sich keine Sorgen machen müsse. Er würde sich aber trotzdem gern mal mit ihr treffen, ganz unverbindlich, vielleicht mal nach der Schule oder über Mittag. Ob sie sich das irgendwie vorstellen könnte?

Die Mail war so unaufdringlich abgefasst, die einzelnen Sätze strahlten eine solch rührende Unsicherheit aus, dass Tessa richtig bewegt war. War dies derselbe Domian, der arrogant und überlegen irgendeine absurde Theorie verteidigte oder seine Gegner mit einem kühlen Lächeln abblitzen ließ? Mindestens zweimal wiederholte er, dass sie sich frei fühlen sollte und dass er ihre Entscheidung achten würde.

Tessa biss sich auf die Unterlippe. Wie sollte sie bloß reagieren? Eine Stimme in ihr flüsterte: *Gib ihm eine Chance. Er meint es ehrlich. Vielleicht entwickelt sich daraus eine super Freundschaft. Und auf jeden Fall kannst du Ruben damit eins auswischen.* Doch dann meldete sich eine andere Stimme: *Du liebst ihn nicht, es wäre bloß ein Spiel für dich. Und das ist nicht fair. Schon gar nicht, wenn er es ehrlich meint. Du würdest ihn unheimlich verletzen. Zudem ist er kein Christ – wie könnte da eine Freundschaft funktionieren? Und woher weißt du, ob deine Freundschaft mit Ruben wirklich schon definitiv am Ende ist? Müsstest du nicht zuerst diese Situation klären?*

Tessa stöhnte und stützte den Kopf in ihre Hände. Weshalb fiel ihr die Entscheidung nur so schwer? Wenn Domian doch bloß in der üblichen arroganten Weise geschrieben hätte, dann würde sie ihm jetzt ohne Skrupel eine Abfuhr erteilen. Aber nun versank sie fast in Gewissensbissen. Und trotzdem – gerade weil sie von dieser anderen, neuen Seite Domians so berührt war, *musste* sie ihm eine Absage geben! Es wäre wirklich nicht fair, wenn sie seine ehrlichen Gefühle für sie ausnützte, um ein kleinliches, berechnendes Spiel mit ihm zu treiben.

Sie seufzte nochmals und machte sich dann schweren Herzens daran, eine Antwort zusammenzustückeln.

Es dauerte fast eine Stunde, bis sie eine einigermaßen zufrieden stellende Mail verfasst hatte. Mit gerunzelten Brauen las sie das Geschriebene nochmals durch und klickte dann auf *„senden"*. Nachdem die Mail den Postausgang verlassen hatte, stellte Tessa fest, dass in der Zwischenzeit bereits eine neue Mail eingegangen war. Gespannt öffnete sie den elektronischen Brief. Er war von *Jana18* und lautete folgendermaßen:

Hi Tessa!
Freut mich, dass du an Gitago interessiert bist. Möchte mich gern mal mit dir unterhalten, bevor du ihn anschauen kommst. Muss wissen, wer du bist; verkaufe Gitago nicht jedem. Bin heute Abend im bluewin-chat, ab 21.00 Uhr, Raum Pferdesport, Nickname *Remember*. Bis dann!
Jana

Tessa lächelte. Jana schien ein Fan des Telegrammstils zu sein, jedenfalls befand sich kein einziges überflüssiges Wort in der ganzen Mail. Dazu wirkte der Text sehr systematisch. Vielleicht war Jana ebenfalls ein kühl berechnender, mathematischer Typ, dann würden sie sich ja glänzend verstehen. Wie dem auch war – die Aussicht auf einen ungezwungenen Plauderabend mit einem Mädchen, das sie nicht kannte und deshalb auch nicht dauernd fragen würde, ob sie vielleicht Lust hätte, über ihr momentanes Problem zu sprechen, heiterte ihre Stimmung ein wenig auf.

Sie fuhr den Computer herunter und ging in ihr Zimmer, um den Riesenberg Hausaufgaben zu erledigen, den die Lehrer der ganzen Klasse über das Wochenende aufgebrummt hatten. Nächste Woche würden sie vier Klassenarbeiten schreiben – in Mathe, Latein, Geschichte und Geographie. Widerwillig und lustlos machte sie sich an die Arbeit.

Nach zwei Stunden konzentriertem Schaffen blickte sie auf die Uhr. Es war halb zwei – höchste Zeit für eine kleine Pause. Sie ging in die Küche, wärmte eine Dose Ravioli und rief Katrina und ihre Mutter, die soeben von der Arbeit nach Hause gekommen war, zum Essen.

„Ich habe keinen Hunger!", brüllte Katrina aus ihrem Zimmer, „fangt schon mal ohne mich an!"

„Möchtest du nicht trotzdem kommen?", rief Frau

Caprez zurück. „Es wäre schön, wenn wir alle zusammen essen könnten!“

„Ne, ich habe definitiv keine Lust!!“ Katrinas Stimme klang so trotzig, dass Frau Caprez keinen weiteren Versuch mehr unternahm. Müde setzte sie sich zu Tessa an den Tisch.

Tessa sprach ein kurzes Tischgebet, dann begannen beide schweigend zu essen.

„Dich bedrückt etwas, Tessa“, sagte Frau Caprez endlich, „seit einigen Tagen bewegst du dich nur noch wie ein Roboter, starrst Löcher in die Luft und nimmst überhaupt nicht mehr aktiv am Leben teil. Was ist los?“

Tessas Gesicht nahm einen abweisenden Ausdruck an.

„Nichts“, sagte sie kurz, „es ist nichts.“

Ihre Mutter seufzte. „Schade, dass du nicht darüber sprechen möchtest. Ich würde dir so gern helfen oder wenigstens die Last mit dir gemeinsam tragen.“

„Ich – “, begann Tessa. Hilflos hob sie die Hände und ließ sie wieder sinken. „Ich – nein – ich kann nicht. Es tut mir Leid, Mama, wirklich.“

Schnell aß sie ihren Teller leer, dann stand sie auf. „Ich gehe noch zu Arabella. Spätestens um neun bin ich wieder zurück. Könntest du mir vielleicht den PC freihalten? Ich habe heute Abend noch einen Chat-Termin.“

Frau Caprez nickte. „Das mache ich gern. Etwas Abwechslung wird dich vielleicht auf andere Gedanken bringen.“

„Danke, Mama, du bist echt lieb!“ Tessa drückte ihrer Mutter einen flüchtigen Kuss auf die Wange und ging mit großen Schritten zur Tür hinaus.

Eine Dreiviertelstunde später preschte sie mit Arabella am Ufer des Katzenbachs entlang. Der Himmel war grau und wolkenverhangen und passte irgendwie wunderbar zu ihrer momentanen Stimmung. Mit einem bitteren Lächeln dachte sie an Kerstin, die jetzt gerade auf dem *Homberg* ihre Samstags-Reitlektion hatte. Um nichts in der Welt hätte sie jetzt dort sein und weitere mitleidig-neugierige Fragen beantworten wollen. Nein, da zog sie es vor, allein durch die Gegend zu pilgern.

Kurz vor halb neun kam sie wieder zu Hause an. Sie hätte sich keine Sorgen wegen des PCs machen müssen – Katrina, die samstags sonst gern den Computer für sich beschlagnahmte, war mit einer Freundin ausgegangen.

Tessa begrüßte ihre Mutter, die lesend auf dem Sofa saß, und holte sich dann in der Küche etwas zum Essen. In der einen Hand ein Stück Brot, in der anderen einen Schokoriegel, ließ sie sich in den zerfledderten Bürostuhl vor dem Computer fallen. Mit ein paar wenigen, geübten Bewegungen loggte sie sich in die Bluewin-Seite ein. Zuerst streifte sie ein wenig durchs „Forum", das meist einige sehr spannende Beiträge zu den verschiedensten Themen enthielt. Sie blieb beim Folder „*Er hat eine andere*"" hängen. Ein 18-jähriges Mädchen beschrieb darin in sehr emotionsgeladenen Worten, wie ihr Freund sie aus heiterem Himmel mit der Tatsache konfrontiert hatte, dass er eine andere liebte.

Tessa nickte nachdenklich. Die Gefühle dieses Mädchens konnte sie voll und ganz nachempfinden. Gespannt klickte sie sich durch die verschiedenen Reaktionen auf den Bericht und stellte fest, dass ihr die meisten direkt aus dem Herzen sprachen.

Endlich hatte sie auch den letzten Beitrag zum Thema gelesen. Sie blickte auf ihre Armbanduhr und zog erstaunt die Brauen in die Höhe. Es war ja schon zehn nach neun! Hastig wechselte sie vom Forum auf die Chat-Seite und klickte den Raum *Pferdesport* an. Als das Feld *„Nickname eingeben“* erschien, zögerte sie einen kurzen Moment. Dann tippte sie kurz entschlossen A-r-a-b-e-l-l-a in das Feld ein und klickte auf *„verbinden“*.

Einige Sekunden später befand sie sich im gewünschten Raum.

21:12 *A-r-a-b-e-l-l-a betritt den Raum.*
21:12 pinja: hi schöe ara
21:12 heiopei: *pinja feierlich ein „n“ reicht*
21:13 pinja: sorry, sollte natürlich „schöne“ heißen☺)))
21:13 A-r-a-b-e-l-l-a: hi @all
21:13 Remember: hi arabella
21:14 pinja: mein reitlehrer war heute voll durchgeknallt – ich musste in einer lektion sicher über 100mal den fliegenden galoppwechsel machen, voll irr, oder???
21:15 Remember: hat mein rl auch schon geboten – ehrgeizig? gestresst? burn out?
21:16 pinja: also ehrgeizig bestimmt nicht, wohl eher gestresst oder burn out – stell dir mal vor, bei den vielen reitschülern, die er pro tag durchschleust
21:16 Remember: lt statistik ist ein rl nach durchschn 8j reif für die klapse

Tessa schmunzelte leicht. Jana hätte ihr nicht mal ihren Nickname verraten müssen – ihren Schreibstil würde sie überall erkennen ...

Sie tippte eine neue Mitteilung ein und klickte dann in der Teilnehmerliste auf den Namen *Remember*. Ein neues, kleineres Fenster öffnete sich.

21:17 A-r-a-b-e-l-l-a: ich bin tessa, und ich habe deine mail heute morgen gekriegt
21:17 Remember: ah, gitago, nicht wahr?
21:17 A-r-a-b-e-l-l-a: genau – kannst du mir nähere infos liefern?
21:18 Remember: klar. hast du ne webcam? hab gestern eine gekriegt, würde sie gern ausprobieren
21:18 A-r-a-b-e-l-l-a: klar, wäre lustig, dich auf der webcam zu sehen – werde meine gleich installieren

Mit fliegenden Fingern schloss Tessa ihre Webcam an den PC an und drückte den „On"-Button. Langsam baute sich ihr Bild auf. Einige Sekunden später erschien ein zweites Bild auf dem Monitor. Es zeigte ein schlankes, drahtiges Mädchen, dessen leuchtend rotes Haar straff nach hinten gekämmt und zu einem dicken Zopf geflochten war. Sie hob die Hand und winkte Tessa übermütig durch die Kamera zu.

21:19 Remember: alles paletti?
21:19 A-r-a-b-e-l-l-a: perfekt, bei dir auch?
21:19 Remember: super, geniale sache, so ne cam
21:20 A-r-a-b-e-l-l-a: wie alt bist du?
21:20 Remember: 18 und du?
21:20 A-r-a-b-e-l-l-a: zwei jahre jünger
21:21 Remember: zu deiner mailfrage – gitago als schulpferd ok oder nicht
21:21 A-r-a-b-e-l-l-a: genau ... und, was denkst du?
21:22 Remember: würde sich perf eignen – hat perf charakter dafür
21:22 A-r-a-b-e-l-l-a: weshalb möchtest du ihn überhaupt verkaufen?

Tessa beobachtete durch die Webcam, wie Jana eifrig die Antwort eintippte. Zwischendurch hob sie leicht den Kopf und lächelte ihr zu. Plötzlich jedoch erstarrte sie mitten in der Bewegung. Wie gebannt blickte sie über ihre Schulter zurück.

Tessa schrie auf. Unvermittelt erschien auf dem Bildschirm eine schwarz maskierte Gestalt, die sich mit schnellen Schritten auf Jana zu bewegte. Jana, die zuerst wie gelähmt dagesessen hatte, wurde plötzlich lebendig. Hastig flogen ihre Finger über die PC-Tastatur, doch schon war der Maskierte (von dem Tessa im Moment nur den Oberkörper sah) bei ihr angelangt. Verzweifelt sprang sie auf, aber es war zu spät. Die schwarze Gestalt hob beide Arme in die Luft – irgendetwas blitzte auf – und dann wurde es plötzlich dunkel. Die Verbindung war unterbrochen.

Frau Caprez, die bei Tessas Schreckensruf zu ihr hin geeilt war und den letzten Teil des Dramas mitbekommen hatte, war kreidebleich.

„Ruf die Polizei an!“, rief sie erregt, „da hat sich soeben ein höchst brutaler Überfall ereignet!“

Tessa antwortete nicht. Entsetzt starrte sie auf den Bildschirm.

Plötzlich jedoch kam Leben in sie. Aufgeregt deutete sie auf einen Satz, der – wahrscheinlich schon vorher – in ihrem Privat-Chatfenster erschienen war.

> 21:24 Remember: hab neues pferd, vollblutaraber, brauche CCBert

„Schau mal, Mama!“, rief sie aufgeregt, „es ist Jana gelungen, mir eine Art Botschaft zu übermitteln, kurz bevor sie niedergeschlagen wurde! CCBert – was das wohl heißt?“

Frau Caprez packte Tessa am Arm. „Das ist jetzt

absolut egal!“, schrie sie, „du sollst die Polizei benachrichtigen!“

„Keine Chance“, antwortete Tessa geistesabwesend, „ich kenne ja nicht einmal ihren Familiennamen, geschweige denn ihre Adresse. Ich kann doch nicht die Polizei anrufen und sagen, dass irgendwo in der Schweiz ein Mädchen niedergeschlagen wurde. Die würden mich glatt auslachen.“

„Ach so.“ Frau Caprez atmete tief durch. „Dann wollen wir versuchen, wenigstens ihre Botschaft zu entschlüsseln. Es scheint, dass sie uns etwas Wichtiges mitteilen wollte, aber mitten im Wort unterbrochen wurde.“

„Ob es vielleicht ein Name ist? Bert, das klingt wie ein Männername. Ob Jana den Angreifer vielleicht erkannt hat? Aber was würde dann das CC davor bedeuten??“

„CC? Es könnte vielleicht eine Abkürzung sein. Cash and Carry? Cous-Cous? Ze-Ze? Vielleicht ein Übername? Dann wäre Bert eventuell der Familienname. Es könnte ja sein, dass Jana ihren Angreifer erkannt hat und uns seinen Namen mitteilen wollte.“ Frau Caprez machte eine kurze Pause, dann rief sie plötzlich: „Apropos erkennen – ist dir an der maskierten Person nichts Außergewöhnliches aufgefallen?“

Tessa verneinte.

„Die Gestalt war schwarz angezogen“, fuhr Frau Caprez fort und knetete sich aufgeregt die Hände. „Als sie ganz nahe bei der Kamera war, habe ich plötzlich gesehen, wie etwas aufblitzte. Ich schaute genauer hin, und dann stellte ich fest, dass das Licht auf eine große, seltsam geformte Gürtelschnalle fiel.“

„Ehrlich? Wie sah sie denn aus? Mir ist das echt gar nicht aufgefallen.“

„Ich sah sie auch nur gerade für den Bruchteil einer Sekunde. Sie sah aus wie zwei ineinander verschlungene Hufeisen."

„Wahnsinn!", rief Tessa mit zittriger Stimme. „Zwei ineinander verschlungene Hufeisen ... Dann hat das Ganze vielleicht etwas mit Pferden oder Pferdesport zu tun. Ich könnte mir vorstellen, dass Jana das Emblem ebenfalls gesehen hat und uns mit ihrer Botschaft darauf aufmerksam machen wollte. *CCBert.* Vielleicht eine Bezeichnung aus dem Pferdesport?? Ich muss sofort Karin anrufen! Wer weiß, vielleicht kann sie uns weiterhelfen."

Hastig griff sie zum Telefon und wählte Karins Nummer.

5

Nachdenklich radelte Tessa am Montagmorgen zur Schule. Mit dem rätselhaften Vorfall vom Samstagabend war sie keinen Schritt weiter gekommen. Karin war das ganze Wochenende hindurch unerreichbar gewesen. Die unzähligen E-Mails, die sie an Janas *aol.com*-Adresse geschickt hatte, waren unbeantwortet geblieben. Auch ihre Nachforschungen im Internet über einen Angriff auf ein 18-jähriges rothaariges Mädchen waren nicht von Erfolg gekrönt gewesen. Es schien fast, als hätte sie die Horrorbilder, die sie am Samstag durch ihre Webcam gesehen hatte, nur geträumt.

Na ja, wenn sie Glück hatte, stand vielleicht in der Zeitung eine kurze Meldung über den rätselhaften Überfall. Sie lenkte ihr Fahrrad zu einem Zeitungsständer, in dem jeweils die bekannteste Zürcher Gratis-Pendlerzeitung ausgelegt wurde.

Doch sie hatte Pech. Aus dem Zeitungsständer starrte sie bloß gähnende Leere an. Sie schnitt dem leeren Behälter eine Grimasse und beschleunigte ihr Tempo wieder. Vielleicht würde sie in der Schule irgendwo auf eine aktuelle Tageszeitung stoßen.

Obwohl auch das keine Garantie war, dass sich das Rätsel dann so einfach aufklären lassen würde. Dafür mussten nämlich mindestens drei Voraussetzungen erfüllt sein: 1. Der Vorfall musste sich tatsächlich ereignet haben und nicht irgendein vorgetäuschter übler Scherz sein. 2. Irgendjemand musste den Vorfall der Zeitung gemeldet haben. 3. Jana musste im Großraum Zürich – Bern – Basel – St. Gallen zu Hause sein. Und gerade das war der Haken. Jana konnte überall im deutschsprachigen Raum wohnen. Die Chance, dass sie ausgerechnet im Großraum Zürich lebte, war verschwindend klein.

Inzwischen hatte Tessa das Schulgelände erreicht. Sie stellte ihr Rad bei dem großen Fahrradständer ab und wollte gerade Richtung Schulhaus gehen, da erblickte sie Kerstin, die in flottem Tempo auf sie zu geradelt kam. Ihr langes Haar wehte wie ein Schleier hinter ihr her, ihre Wangen waren gerötet, ihr Mund leicht geöffnet.

Tessa war es, als würde sie ihre Freundin zum ersten Mal sehen. Sie wirkte nicht wie sonst stark und selbstbewusst. Ihre Gesichtszüge hatten etwas Unsicheres an sich, etwas Empfindsames, Verletzliches.

Mit einem Mal erkannte Tessa, dass sie sich Kerstin gegenüber nicht fair verhalten hatte. Sie war ihre Freundin, sie hatten schon so vieles miteinander erlebt, und sie brachte es nicht einmal fertig, mit ihr über ihr aktuelles Beziehungsproblem zu sprechen. Im Gegenteil – sie hatte sich in den letzten Tagen vor ihr zurückgezogen und sie damit gewiss tief verletzt.

Spontan ging sie Kerstin, die sich soeben elegant vom Rad schwang, entgegen.

„Schön, dich zu sehen", sagte sie etwas befangen, „das ist jetzt wirklich ein perfektes Timing."

Kerstin lächelte. „Na so was! Ich hätte schon fast nicht mehr erwartet, solche Worte von dir zu hören! Hast du über das Wochenende irgendetwas erlebt, das dich aus deiner Lass-mich-doch-in-Ruhe-Trauerstimmung aufgerüttelt hat?"

„Hm, das könnte man vielleicht so sagen. Mir ist etwas völlig Unglaubliches passiert!"

„Lass mich raten! Eine Million gewonnen? Zur Miss Teeny gewählt worden? Zehn Liebeserklärungen gleichzeitig erhalten?"

„Witzbold! Nein, ich erzähl's dir gleich, aber zuerst noch eine andere Frage: Hast du heute Morgen zufälligerweise eine aktuelle *20-Minuten-Zeitung* erwischen können?"

Mit einer betont dienstbeflissenen Bewegung holte Kerstin ein zerknülltes Etwas aus ihrer Schultasche und hielt es Tessa unter die Nase. „Ich weiß zwar nicht, weshalb du jetzt ausgerechnet nach einer Zeitung schreist, aber hier – bitte schön."

Tessa ließ sich nicht zweimal bitten. Sie schnappte sich die Zeitung und blätterte sie hastig durch. Ihre Augen glitten im Eilzugstempo über die verschiedenen Artikel. Bei den Kurzmeldungen verweilte sie etwas länger.

Plötzlich sträubten sich ihre Nackenhaare. Ein seltsames Frösteln rieselte durch ihren ganzen Körper. *Hier – in der Rubrik „20 Sekunden" – befand sich die gesuchte Meldung!* Sie war zwischen einem Bericht über eine neue Art der Müllentsorgung in der Stadt Winterthur und einem Kurzartikel über eine Debatte im Zürcher Kantonsrat platziert und lautete folgendermaßen:

> **Überfall auf 18-Jährige**
> Ein Unbekannter drang am späten Samstagabend in ein Einfamilienhaus in einem Zürcher Vorort ein und schlug eine 18-jährige junge Frau nieder, die zu diesem Zeitpunkt allein zu Hause war. Sie wurde mit mittelschweren Kopfverletzungen ins Krankenhaus gebracht und konnte bis jetzt noch nicht befragt werden. Außer einem silbernen Preispokal wurde nichts entwendet.

„Kannst du mir bitte vielleicht mal erklären, was du so fieberhaft in der Zeitung suchst?“ Kerstins Stimme klang leicht ungeduldig.

Tessa deutete mit zittrigem Finger auf die Kurzmeldung. „Du – du glaubst es nicht!“, stieß sie hervor, „dieser Überfall hier – ich – ich habe alles mitgekriegt!“ Und in kurzen Worten schilderte sie ihr Horror-Chaterlebnis mit Jana.

„Wahnsinn!“ Kerstin starrte ihre Freundin ungläubig an. „Und nun befindet sich Miss Marple schon wieder mitten in ihrem nächsten Fall! Eine brutale Attacke auf eine junge Frau, eine rätselhafte Botschaft übers Internet, ein geheimnisvolles Zeichen, das den Angreifer identifizieren könnte, der Diebstahl eines Preispokals – wenn das keine Aufforderungen zur weiteren Recherche sind!“

„Siehst du es auch so? Der Zeitungsartikel macht jedenfalls unmissverständlich klar, dass der Überfall tatsächlich stattgefunden hat und nicht einfach ein mieser Scherz war. Nun müssen wir versuchen, die richtige Fährte aufzunehmen.“

„Ich würde vor allem zuerst die Polizei benachrichtigen. Schließlich bist du ja eine Art Augenzeugin.“

„Hm.“ Tessa zögerte. „Ich habe so das Gefühl, dass dies keine allzu gute Idee ist. Die lachen mich doch bloß aus. Und falls sie mich doch ernst nehmen würden, kriege ich höchstwahrscheinlich gewaltige Probleme, weil ich sie nicht gleich benachrichtigt habe.“

„Nein, das glaube ich nicht. Du konntest ja wirklich nicht wissen, ob es nur ein übler Scherz oder sonst was war. Aber wenn du deine Beobachtungen jetzt zurückhältst, machst du dich strafbar.“

„Hm.“ Tessa zog einen Schmollmund. „Eigentlich wollte ich die Polizei aus dem Spiel lassen. Die nehmen mich bestimmt nicht ernst, du wirst sehen.“

Die nächsten paar Minuten gaben Tessa Recht. Die Beamtin in der Polizeizentrale lachte laut auf, als sie ihr über Kerstins Handy einen vollständigen Bericht von ihrem samstäglichen Erlebnis durchgab. „Du willst mich wohl veräppeln?“, fragte sie streng, nachdem sie sich wieder beruhigt hatte, „so was Verrücktes hab ich noch nie im Leben gehört. Hast dir wohl zu viele Krimis reingezogen, was?“

Als Tessa vehement verneinte und auf der Richtigkeit ihrer Aussage beharrte, gab die Beamtin schließlich nach. „Also gut“, sagte sie mit mürrischer Stimme, „ich nehme mal deine Personalien auf, aber dies heißt noch lange nicht, dass ich mir nun ein Bein ausreiße, um deiner Aussage weiter nachzugehen. Das Ganze hat für mich höchstens die Alarmstufe blassrosa.“

Tessa gab ihr die Personalien durch und hängte dann frustriert ein. „Ich habe es kommen sehen“, meinte sie niedergeschlagen. „Die dumme Ziege hat mich wie ein kleines Kind behandelt. Alarmstufe blassrosa, haha, dass ich nicht lache!“

Kerstin runzelte die Augenbrauen. „Alarmstufe blassrosa? Was soll das heißen?“

„Na, dass meine Info die hinterste und letzte Priorität hat, was denn sonst?“

„In diesem Fall müssen wir uns tatsächlich selbst auf Spurensuche begeben, was meinst du dazu?“ Kerstin blinzelte schelmisch. „Ein neuer Fall für TK, die geniale erste Hälfte des unschlagbaren Detektivquartetts!“

Tessa lachte. Ihr Frust war wie weggeblasen. „Beginnen wir mit Janas Botschaft. *CCBert.* Hast du irgendeine Idee, was das bedeuten könnte?“

„Hm, nein. Vielleicht ist es ein Begriff aus dem Pferdesport. Beim Überfall wurde ja ein Preispokal entwendet. Ob da eventuell ein Zusammenhang besteht?“

„Könnte schon sein. Weißt du was? Mir ist soeben die Glanzidee gekommen! Geben wir die Buchstabenfolge doch einfach mal in eine Suchmaschine im Internet ein und schauen dann, was sie alles ausspuckt.“

„Genial! In der Mittagspause finden wir bestimmt Zeit, um –“ Kerstin wurde vom Dreiklang der Schulglocke unterbrochen, der weit über das ganze Schulgelände schallte. „Ach, du meine Güte“, rief sie erschrocken, „ist es schon so spät? Dann aber nichts wie los!“

Sie packten ihre Schultaschen und rannten zum Schulhaus. Keuchend zwängten sie sich durch die Eingangstür. Auf der breiten Treppe, die ins Untergeschoss führte, überholten sie gerade noch rechtzeitig Mister Faulkner, der mit würdigem Gesicht auf ihr Klassenzimmer zusteuerte.

In der folgenden Englischstunde konnte sich Tessa nur mit Mühe auf den richtigen Gebrauch der englischen Zeitformen konzentrieren. Immer wieder schweiften ihre Gedanken zu einem schwarz maskierten Unbekannten, der ein 18-jähriges Mädchen niederschlug und aus ihrem Haus einen Preispokal entwendete.

Endlich war die Englischstunde vorbei, und Mister Faulkner verabschiedete sich würdevoll. Die nächsten Stunden waren genauso zermürbend. Tessa konnte es kaum erwarten, bis der Vormittag endlich um war.

Als es schließlich um Viertel vor zwölf zur Mittagspause klingelte, schossen sie und Kerstin wie der Blitz zum Computerraum der Schule. Ungestüm quetschten sie sich hinter einen PC, starteten ihn und gaben im Google-Suchprogramm die Buchstaben *CCBert* ein. Es dauerte einen kurzen Moment, dann zeigte das Programm einen Treffer an.

Mit großen Augen starrten die beiden Freundinnen auf den Bildschirm. War es möglich, dass sich das Rätsel schon so schnell aufklärte? Sie klickten die Adresse an – und seufzten enttäuscht. Es war ein übersetztes Kinoprogramm, das nur aus einzelnen Fragmenten bestand und völlig abstruse Buchstabenfolgen enthielt. Das *CCBert* war eindeutig eine dieser Stilblüten.

„Komm, ich gebe mal ‚*CC Bert*' mit Leerzeichen dazwischen ein, vielleicht hilft uns das weiter", meinte Kerstin hoffnungsvoll.

Das Suchprogramm meldete über hunderttausend Treffer.

„Das sieht ja viel versprechend aus!" Kerstin rieb sich begeistert die Hände. „Hier werden wir bestimmt fündig!"

Tessa kniff skeptisch die Augen zusammen. „Da wäre ich mir nicht so sicher. Schau mal, die meisten Treffer sind einfach Domain-Namen mit der Endung .cc und dem Männernamen *Bert.*"

„Ups, da könntest du Recht haben", murmelte Kerstin kleinlaut.

Sie scrollten durch die ersten zehn Trefferseiten und gaben dann entmutigt auf. Es fand sich nichts, aber auch rein gar nichts, das irgendwie in einen Zusammenhang mit dem maskierten Unbekannten gebracht werden konnte.

„Ich gebe mal *CC* ein – vielleicht bringt uns das auf die rettende Idee", sagte Tessa schließlich.

Aber auch das brachte sie nicht viel weiter. Das Suchprogramm zeigte Seiten, die sich *Coordination Center*, *Clear Channel Entertainment* und *Computer*

Concept nannten. Doch nirgends fand sich auch nur der geringste Hinweis auf einen Überfall, der etwas mit Pferden oder mit einem Preispokal zu tun hatte. Genervt fuhr Tessa den Computer herunter.

„Jetzt weiß ich echt nicht mehr weiter. Alle unsere Möglichkeiten sind ausgeschöpft." Ihre Stimme klang müde und niedergeschlagen. Doch plötzlich schlug sie sich an den Kopf. „Nein, das stimmt gar nicht, ich Esel. Wir haben ja noch Karin. Ich habe das ganze Wochenende hindurch versucht, sie telefonisch zu erreichen, doch leider war sie wie vom Erdboden verschluckt. Ich bin sicher, dass sie uns bei unserem kniffligen Problem weiterhelfen könnte."

„Das denke ich auch. Komm, wir rufen sie jetzt gleich an!"

„Ja, und zwar vom Haustelefon aus, bei diesem Apparat gibt es nämlich eine integrierte Lautsprecherfunktion."

Die beiden Freundinnen verließen den Computerraum und stürmten zur hausinternen Telefonzelle. Tessa wählte Karins Handynummer. *Tüüt – tüüt – tüüt.* Nach dem zehnten Klingeln meldete sich endlich eine atemlose Stimme.

„Hallo?"

„Hallo, Karin, hier spricht Tessa."

„Ach, du bist es! Ich habe deine Nummer auf dem Display gar nicht erkannt."

„Das glaube ich dir gern – ich rufe nämlich von einer Telefonzelle an."

„Ach so. Und was verschafft mir die Ehre?"

„Wir, das heißt Kerstin und ich, brauchen deine Hilfe. Hast du vielleicht eine Ahnung, was ‚*CCBert*' heißen könnte? Es ist wahrscheinlich irgendein Begriff aus dem Pferdesport."

Karin antwortete nicht sogleich. Nach einer kurzen Pause fragte sie gedehnt: „*CCBert? Also, die Abkürzung CC existiert im Pferdesport, aber was ‚Bert' heißen könnte, ist mir völlig schleierhaft.*"

„Was heißt denn CC?", fragte Kerstin aufgeregt dazwischen.

„*CC ist die Abkürzung für ‚Cross-Country Concours' – eine neuartige Form von Pferderennen im Gelände.*"

„Pferderennen im Gelände? Noch nie gehört."

„*Die Geländerennen wurden vor einigen Jahren hier eingeführt*", erklärte Karin geduldig. „*Diese Art von Pferdesport hat sich noch nicht überall in der Schweiz durchgesetzt, aber sie werden immer beliebter. Vor allem junge Leute bestreiten solche Turniere. Bei einigen ist es schon fast Kult. Es gibt sogar spezielle Shops mit Fanartikeln wie Schirmmützen, Sonnenbrillen, T-Shirts und so weiter.*"

„Echt? Das ist ja ganz interessant. Meinst du, dass ‚Bert' dann vielleicht der Name des Veranstalters ist, oder könnte es eher ein geographischer Begriff sein?"

„*Hm, da überfragst du mich. Ähm, warte mal. Ich habe irgendwo eine Liste, auf der alle Pferderennen aufgeführt sind, samt den Adressen der Veranstalter. Wenn wir Glück haben, könnte uns das weiterhelfen.*"

„Genial!", rief Kerstin.

„*Aber jetzt würde mich doch noch interessieren, weshalb ihr das unbedingt wissen müsst*", meinte Karin energisch. „*Seid ihr vielleicht wieder einem neuen Rätsel auf der Spur?*"

„So könnte man es nennen", antwortete Tessa. „Weißt du was? Wir kommen irgendwann mal vorbei und erzählen dir die ganze Geschichte. Aber jetzt müssen wir Schluss machen. Kannst du uns so bald wie möglich mitteilen, ob du in deiner Liste etwas gefunden hast?"

„Mache ich gern. Also dann, tschüss und bis zum nächsten Mal.“

„Tschüss, Karin, und danke vielmals!“, riefen Tessa und Kerstin im Chor und legten dann den Hörer auf.

„Ist ja echt der Hammer“, kommentierte Tessa trocken, „da suchen wir uns dumm und dämlich, und Karin löst in einer halben Minute fast das ganze Rätsel. *Cross-Country Concours.* Wärst du auf eine solch einfache Erklärung gekommen?“

Kerstin schüttelte den Kopf. „Nein, darauf wäre ich echt nie gekommen. Jetzt bin ich nur gespannt, ob Karin auch für den zweiten Teil des mysteriösen Begriffs –“ Sie begann plötzlich zu lachen, weil ihr Magen so laut knurrte, dass man es in mindestens einem Kilometer Umkreis hören konnte.

Tessa ließ sich von ihrem Lachen anstecken. „Ich glaube, dein Bauch hat eine Identitätskrise“, japste sie, „er verwechselt sich selbst mit einem Rasenmähermotor!“

„Haha, das ist gut! Höchste Zeit, dass er was zu verdauen kriegt, meinst du nicht auch?“

„Na, klar – ich sterbe auch fast vor Hunger!“ Tessa hakte sich bei Kerstin unter, und zusammen gingen sie Richtung Mensa.

* * *

„Und, hat sich Karin schon gemeldet?“, fragte Kerstin, als sie um zwanzig vor sechs, nach einem ellenlangen Nachmittag, gemütlich zu ihren Fahrrädern schlenderten.

Tessa schüttelte den Kopf. „Nein, wahrscheinlich hatte sie bisher keine Zeit, um die Liste durchzusehen.“

Plötzlich gab ihr Handy, das zuunterst in ihrer Schultasche steckte, vier leise Piepstöne von sich. Umständlich kramte sie es hervor und schaute auf das Display.

„Eine SMS – von Karin!“, rief sie. „Hör zu, was sie schreibt! *CC Bertschikon, Veranstalter: Anton Vasalli, Tel. 01/9313233, LG Karin.“*

Kerstin klatschte begeistert in die Hände. „Das ist ja voll der Hit! Du, den rufen wir gleich an, vielleicht kennt er Jana und kann uns ihre Adresse geben!“

„Gute Idee. Rufst du an? Du bist in solchen Dingen bedeutend besser als ich.“

„Kein Problem.“ Kerstin nahm ihr Handy aus der Schultasche und tippte die Nummer ein. Mit einem angespannten Ausdruck im Gesicht wartete sie auf das Klingelzeichen.

6

Tessa hielt es vor Spannung fast nicht mehr aus. War Herr Vasalli zu Hause? Und wie würde er auf Kerstins Anfrage reagieren?

Plötzlich bemerkte sie, wie ein Ruck durch Kerstins Körper ging. Ihre Gesichtszüge spannten sich, als sie in ihrer höflichsten Stimme sagte:

„Guten Abend Herr Vasalli, hier spricht Kerstin Brieler."

Pause.

„Herr Vasalli, ich hätte gern eine kleine Auskunft von Ihnen, und zwar geht es um den Cross-Country Concours Bertschikon, den Sie organisieren."

Pause.

„Ich bin auf der Suche nach einem Mädchen, das vermutlich beim letzten Rennen mitgemacht hat. Sie heißt Jana und hat langes rotes Haar."

Pause.

Tessa beobachtete, wie sich Kerstins Mund zu einer angewiderten Grimasse verzog. Ihr Griff um das Handy verstärkte sich, bis die Fingerknöchel weiß hervortraten.

„Aber es ist wichtig!", schrie sie unvermittelt ins Telefon. „Es ist sogar sehr wichtig, und Sie können mir doch nicht einfach die Auskunft verweigern!"

Sie horchte eine Weile angestrengt in den Hörer, dann ließ sie das Handy entmutigt sinken. „Aufgelegt", stöhnte sie genervt, „er hat einfach aufgelegt!"

„Was hat er denn genau gesagt?", erkundigte sich Tessa.

„Na, dass er prinzipiell keine Auskunft über irgendwelche Personen erteilt und so weiter und so fort. So ein Ekel! Ein richtiges Scheusal ist er, jawohl!!"

„Komm schon“, sagte Tessa tröstend, „davon geht die Welt nicht unter. Es ist zwar eine bodenlose Frechheit, wie er dich abserviert hat, aber wir werden die Information auch so kriegen. Umso mehr, da wir jetzt wissen, in welcher Richtung wir suchen müssen.“

„Optimistin! Na, ich habe für heute genug. Morgen können wir uns meinetwegen weiter den Kopf zerbrechen.“ Kerstin schloss ihr Rad auf, hievte die Schultasche auf den Gepäckträger und schwang sich in den Sattel. „Tschüss Miss Marple, wir sehen uns morgen!“

Tessa blickte ihr nach, wie sie langsam kleiner und kleiner wurde. Ein leises Lächeln umspielte ihre Lippen. Das war typisch Kerstin. Voller Einsatz, große Begeisterung, doch kaum stellte sich ein Misserfolg ein, war die ganze Energie dahin.

Tessas Lächeln wurde breiter. Es war so beruhigend, dass auch Kerstin nicht perfekt war. Dass sie menschliche Schwächen besaß wie alle anderen auch. Dann musste sie sich neben ihr nicht so klein und minderwertig fühlen.

Plötzlich stellte sie fest, dass sie heute noch mit keinem einzigen Gedanken an Ruben gedacht hatte. Etwas Neues, Spannendes war in ihr Leben getreten. Sie hatte wieder eine Aufgabe, etwas, das sie auf positive Art und Weise von ihren eigenen Problemen ablenkte. Im Moment konnte ihr Ruben gestohlen bleiben, er und sein sonderbares Verhalten und auch die farblose Tussi, die sie letzte Woche in seiner Begleitung gesehen hatte.

Übermütig schwang sie sich auf ihr Rad und sauste im Eiltempo Richtung *Katzenhof* los. Felder und Wiesen zogen an ihr vorbei. Jetzt war sie schon auf der schmalen Feldstraße, die direkt zum Gutshof führte. Sie fuhr an einem knallgelben Rapsfeld entlang, das einen schweren, leicht süßlichen Duft ausströmte.

Wie es wohl Arabella und den anderen Pferden ging? Seitdem Laura und Richard letzten Samstag in die Ferien verreist waren, fühlte sie sich irgendwie für die Tiere verantwortlich. Klar, Laura hatte jemanden beauftragt, während ihrer Abwesenheit auf dem Hof nach dem Rechten zu sehen. Doch sie hatte keine Ahnung, wer diese Person war und ob sie ihre Arbeit wirklich zuverlässig erledigte.

Nun fuhr sie der hohen Hecke entlang, die den Gutshof umgab. Plötzlich hörte sie ein aufgeregtes Wiehern. Es wurde immer lauter. Sie beschleunigte das Tempo. Die Hofeinfahrt war verschlossen. Mit zitternden Fingern kramte sie den Schlüssel aus ihrer Tasche und betätigte den automatischen Türöffner. Langsam und majestätisch schwebte das schwere Eisentor zur Seite. Sie zwängte sich durch die immer breiter werdende Öffnung – und blieb plötzlich wie versteinert stehen.

Mitten auf dem Hof stand Arabella und – auf ihrem Rücken saß, oder besser gesagt, hing ein modisch gekleideter junger Mann, der sich krampfhaft an der dichten, silbergrauen Mähne festkrallte.

Wutschnaubend bewegte Arabella ihren Kopf hin und her. Ihre Augen rollten, aus ihrem Maul tropfte Schaum, und aus ihrer Brust kam ein drohendes Grollen. Die Beine hatte sie fest in den Boden gestemmt. Jeder Muskel ihres Körpers war zum Zerreißen gespannt.

Dann ging plötzlich alles sehr schnell. Unvermittelt machte Arabella einen Satz nach vorn und galoppierte wie irr im Kreis herum. Verzweifelt versuchte der unerwünschte Reiter, das Gleichgewicht zu halten und sich nicht abwerfen zu lassen. Doch schon geschah es. Arabella stoppte plötzlich in vollem Lauf, warf den Kopf zwischen die Vorderbeine und stieg mit den Hinterbeinen in die Luft.

In hohem Bogen wirbelte der Reiter durch die Luft. Unsanft landete er auf dem Boden, wo er benommen liegen blieb.

Arabella stand einen Sekundenbruchteil völlig starr, dann raste sie kopflos auf die am Boden liegende Gestalt zu.

Endlich erwachte Tessa aus ihrer Erstarrung. Mit ausgebreiteten Armen rannte sie auf die wild gewordene Stute zu. „Arabella!“, rief sie laut, „Arabella, stopp!“

Die silbergraue Araberstute hielt mitten im Lauf inne. Es war keine Sekunde zu spät. Ihre Vorderhufe befanden sich kaum zwei Meter vor dem sich gerade mühsam aufrappelnden Mann.

Nun hatte Tessa das verstörte Pferd erreicht. Beruhigend strich sie ihm über die weichen Nüstern. Dann wandte sie sich an den närrischen Möchtegern-Reiter.

„Was fällt Ihnen eigentlich ein?“, schrie sie aufgebracht. „So was Irres ist mir echt noch nie untergekommen! Einfach ein fremdes Pferd zu besteigen – Sie ticken wohl nicht mehr ganz richtig, was??“

„Ich – ich“, stotterte der Mann.

„Sie hätten tot sein können, Sie Dummkopf, ist Ihnen das eigentlich klar?“ Jetzt, wo der erste Schreck überstanden war, spürte Tessa mit einem Mal, wie ihre Beine unkontrolliert zitterten. Das Herz klopfte ihr bis zum Hals, und sie hatte Mühe, regelmäßig zu atmen.

Der Mann ächzte und stellte sich mühsam auf die Beine. Hätte er nicht so mitgenommen ausgesehen, hätte man ihn glatt für irgendeinen dieser Typen aus den Hochglanz-Modemagazinen halten können. Sein halblanges blondes Haar war mit viel Gel nach hinten gestrichen und zu einem schicken Pferdeschwanz gebunden. Er war schlank und athletisch gebaut und hatte ein kantiges, gut aussehendes Gesicht.

„Immer cool bleiben, Mann", meinte er mit einem dünnen Lächeln. Vorsichtig bewegte er nacheinander alle seine Glieder, als wären sie aus Glas, und seufzte dann erleichtert auf. „Wenigstens scheint es, dass ich nichts gebrochen habe." Mit betrübtem Blick betrachtete er seine zerrissenen Markenklamotten und die vielen Schrammen an Armen und Beinen.

„Und das Pferd?" Mit einer wütenden Bewegung deutete Tessa auf Arabella, die mit bebenden Flanken und schaumtriefendem Maul neben ihr stand. „Wie kann ich da cool bleiben, wenn Arabella soeben das Trauma ihres Lebens gekriegt hat, hm?"

„Ja, das tut mir wirklich Leid. Da habe ich wohl ziemlichen Mist gebaut." Der junge Mann lächelte zerknirscht. „Übrigens, du kannst mich ruhig duzen", meinte er dann unvermittelt, „ich heiße Mikey."

„Denke ja nicht, dass mich das versöhnlicher stimmt", grollte Tessa, und ihre Augen blitzten wütend.

„Ja, das kann ich verstehen." Verlegen strich Mikey mit der Hand durch seine ramponierte Frisur. „Du musst mir einfach glauben, dass es mir Leid tut. Ich werde niemals mehr ohne ausdrückliche Erlaubnis ein fremdes Pferd besteigen. Und ich hoffe wirklich, dass Arabella sich schnell wieder von dem Schock erholt."

„Sich schnell wieder von dem Schock erholt", äffte ihn Tessa nach. „Wäre zu schön, nicht wahr? Zuerst baust du riesengroßen Mist und danach hoffst du mit einer Selbstverständlichkeit, die geradezu an Naivität grenzt, dass sich alles ganz billig wieder einrenken lässt."

Mikey seufzte. „Wie viel Mal muss ich dir noch sagen, dass es mir Leid tut? Arabella hat mich gereizt, ich gebe es zu. Sie ist eines der schönsten Pferde, das ich je gesehen habe. Ich wollte eigentlich nur ganz kurz das Feeling auskosten, sie zu reiten, ihre Schnelligkeit und ihr Temperament zu testen. Ich bin nämlich sonst kein so schlechter Reiter, wie es jetzt den Anschein macht."

„Ja, Arabella ist wirklich ein klasse Pferd", antwortete Tessa langsam. Zärtlich kraulte sie die graue Stute hinter den Ohren, während sie in den blauen Abendhimmel blickte, der von einer ganzen Herde weißer Schäfchenwolken bevölkert wurde. Es sah nach einem Wetterwechsel aus. Wahrscheinlich würden die niedlichen Wattewölkchen bald von dunklen, unbarmherzigen Regenwolken abgelöst werden, die ihre nasse Ladung wie Bindfäden auf die Erde prasseln lassen würden.

Tessa seufzte und drehte sich mit einer ruckartigen Bewegung zu dem jungen Mann neben ihr. „Wie kommst du überhaupt dazu, dich hier auf dem *Katzenhof* aufzuhalten?", fragte sie mit rauer Stimme.

„Ich wohne auf dem Gutshof nebenan. Laura hat meine Mutter gebeten, während ihrer Ferienabwesenheit nach den Tieren zu schauen. Heute hatte sie jedoch keine Zeit, und so habe ich mich erboten, die Arbeit für sie zu erledigen. Richtig edle Gesinnung, was?" Er zuckte leicht ironisch die Achseln.

Wider Willen musste Tessa lächeln. Eigentlich war Mikey gar nicht so übel. Obwohl er etwas Machohaftes an sich hatte, wirkte er jungenhaft und fast ein wenig unsicher.

„Du bist Arabellas Besitzerin, nicht wahr?", erkundigte er sich endlich nach einer langen, verlegenen Pause.

Tessa nickte.

„Ich – kann ich mich irgendwie bei dir revanchieren? Den Schaden wieder gutmachen?"

„Ist nicht nötig. Das Einzige, was du tun kannst, ist, dass du Arabella von nun an in Ruhe lässt."

„Ist ja klar, Mann – ja, das werde ich bestimmt tun, großes Indianerehrenwort!"

„Okay, dann bis irgendwann. War nett, dich kennen zu lernen." Tessa lächelte ironisch und wandte sich zum Gehen.

„Halt, stopp! Nicht so schnell!", rief Mikey. „Kannst du mir nicht wenigstens deine Adresse geben? Damit ich dir mal irgendein Dankeschön vorbeibringen kann?"

Tessa schüttelte entschieden den Kopf. „Ne, das möchte ich nicht. Ich habe dir doch schon gesagt, dass ich so was nicht nötig finde." Sie packte Arabella beim Halfter und ging, ohne sich noch einmal umzuwenden, davon.

* * *

Es war schon dunkel, als sich Tessa auf ihr Fahrrad schwang und im Eiltempo vom *Katzenhof* losfuhr.

Der Ausritt auf Arabella war alles andere als ein erholsamer Sonntagsspaziergang gewesen. Der Vorfall mit Mikey hatte die graue Araberstute derart aus der Fassung gebracht, dass schon das kleinste Geräusch sie irritiert hatte. Tessa hatte ihre ganze Reitkunst aufbringen müssen, um die hypernervöse Stute einigermaßen parieren zu können.

Sie seufzte und blickte zum finsteren Himmel, an

dem große, düstere Wolken aufgezogen waren, die verdächtig nach Regen aussahen. Wenn es nur nicht schon zu gießen beginnen würde, solange sie noch unterwegs war. Sie hatte keinen wasserdichten Anorak bei sich, und das Letzte, was sie sich wünschte, waren total durchnässte Kleider und Schuhe.

Doch kaum hatte sie den Gedanken zu Ende gedacht, als auch schon die ersten Regentropfen fielen. Zuerst waren es nur einige wenige, doch in kurzer Zeit steigerten sie sich zu einem regelrechten Wolkenbruch. Gleichzeitig kam ein starker Wind auf, der die Regentropfen fast waagrecht durch die Luft peitschte.

Tessa umklammerte den Fahrradlenker mit hartem Griff. Keuchend kämpfte sie sich vorwärts – eine winzig kleine Gestalt, die vom Wind wie ein Spielball hin und her gezerrt wurde.

Klatschnass und völlig erschöpft kam sie endlich zu Hause an. Ihr Haar klebte wie eine zu enge Badekappe an ihrer Kopfhaut, die Kleider trieften vor Feuchtigkeit. Am schlimmsten jedoch war es mit ihren Schuhen. Sie waren nur noch eine schwabbelige, schwammartige Masse, die bei jedem Schritt ein plätscherndes Glucksen von sich gab und im sauber gescheuerten Treppenhaus unförmige Wasserlachen verschiedenster Größe zurückließ.

Vor der Wohnungstür entledigte sie sich der patschnassen Schuhe und der ebenso durchnässten Wolljacke. Ihre Zähne schlugen vor Kälte in einem regelmäßigen Stakkato gegeneinander. Schnell öffnete sie die Tür und wollte soeben mit einigen Riesensprüngen ins Badezimmer hopsen, als ihre Mutter aus der Küche trat.

„Wie siehst du auch aus, Tessa?“, rief sie entsetzt, „bist du ins Wasser gefallen?“

„N-n-ein“, antwortete Tessa mit klappernden Zähnen, „nur ein wenig in einen Platzregen geraten. Alles halb so schlimm.“

Frau Caprez schlug die Hände über dem Kopf zusammen. „Aber du wirst dich bestimmt erkälten! Komm, ich mache dir einen warmen Tee.“

„Das ist doch nicht nötig, ich erkälte mich bestimmt nicht! Und zuerst gehe ich unter die Dusche.“

Tessa verschwand schlotternd im Badezimmer.

Zehn Minuten später fühlte sie sich schon viel besser. Die warme Dusche hatte ihre unterkühlten Lebensgeister wieder aufgewärmt, und in der frischen, trockenen Kleidung kam sie sich vor wie neugeboren. Zufrieden schlurfte sie in die Küche, wo Frau Caprez mit einer großen Tasse Lindenblütentee auf sie wartete.

„Hier, trink, das wird dir gut tun.“ Sie hielt ihrer Tochter die Tasse hin und unterdrückte dabei ein herzhaftes Gähnen. „Ich würde dir ja gern Gesellschaft leisten“, sagte sie mit leichter Bitterkeit in der Stimme, „aber ich bin soo erschöpft. Und morgen habe ich Frühschicht. Hast du was dagegen, wenn ich mich jetzt verabschiede?“

„Nein, ist absolut okay. Ich kann mich auch allein beschäftigen. Geh du ruhig schlafen.“

Frau Caprez gähnte wieder. „Dann also gute Nacht.“ Sie gab Tessa einen Kuss auf die Wange und verließ die Küche.

Tessa saß einen Augenblick lang einfach da, dann nahm sie die Teetasse in die Hand und ging damit ins Wohnzimmer. Von einem weit entfernten Kirchturm schlug es zehn.

Sie setzte sich vor den Computer und startete ihn. Durch den Vorfall mit Mikey und Arabella hätte sie fast ihre kriminalistische Spurensuche vergessen.

Nachdem sie einige kurze Befehle eingegeben hatte, baute sich die Homepage des Internetsuchprogramms vor ihren Augen auf. Sie tippte *CC Bertschikon* als Suchbegriff ein – und tatsächlich, nach wenigen Sekunden spuckte das Programm exakt zehn Treffer aus.

Schon das erste Resultat schien ein Volltreffer zu sein – es war nämlich die Homepage des *Cross-Country Concours Bertschikon*! Tessa konnte es kaum fassen. Das löste einen Teil des Rätsels auf einen Schlag. Gewiss fanden sich nämlich auf der Homepage nicht nur allgemeine Infos über den *CC Bertschikon*, sondern auch Teilnehmerlisten der letzten Turniere. So würde sie auf ganz unkomplizierte Art zu Janas Familiennamen und vielleicht sogar zu ihrer Adresse gelangen.

Sie klickte die Seite an – und ballte entnervt die Fäuste. Auf dem Bildschirm erschien lediglich ein mickriger schwarzer Schriftzug. *Hier entsteht die Homepage des CC Bertschikon.* Mist! Die Homepage existierte noch gar nicht, sondern war erst im Aufbau begriffen.

Verärgert kehrte sie zu *Google* zurück und klickte den zweiten Treffer an. Es war die Homepage eines Reiterhofs. Eine Monika Stocker bot Reitstunden für Geländerennen an. Zugleich führte sie einen Shop mit Reitaccessoires und Fanartikeln für den *CC Bertschikon.* Interessiert klickte Tessa auf den Link zum Shop. Die Seite baute sich langsam auf ...

Da! Unter der Bezeichnung „Bestseller" erschien ein breiter Ledergürtel mit einer silbernen Metallschnalle, die aus zwei ineinander verschlungenen Hufeisen bestand! Tessa lächelte ungläubig. Genau ein solches Teil hatte der Mann, der Jana niedergeschlagen hatte, getragen! Nun war es hundertprozentig klar, dass der Überfall tatsächlich etwas mit dem *CC Bertschikon* zu tun hatte.

Morgen rufe ich diese Monika Stocker an, nahm sich Tessa vor. Bestimmt konnte sie ihr nähere Informationen über den *Concours* liefern, vielleicht besaß sie sogar eine Teilnehmerliste des letzten Rennens. Wenn – ja, wenn sie überhaupt bereit war, solche Infos herauszugeben.

* * *

Am nächsten Tag versuchte Tessa wohl ein Dutzend Mal, Frau Stocker zu erreichen. Doch sie hatte kein Glück. Entweder war das Telefon besetzt, oder es ging niemand an den Apparat.

Abends, um Viertel nach acht, startete sie einen letzten Versuch. Der wohl bekannte, lang gezogene Klingelton ertönte. *Tüüt – tüüt – tüüt.* Tessa wollte gerade wieder auflegen, als sich am anderen Ende eine leicht rauchige Stimme meldete.

„Hallo, hier Monika Stocker am Apparat."

Tessa schluckte hart. „Hier – hier spricht Tessa Caprez. Guten Abend, Frau Stocker. Ich – ähm – ich – dürfte ich Sie wohl etwas Kleines fragen?"

„Ja, natürlich, nur zu." Die rauchige Stimme klang belustigt.

„Ähm, Sie – Sie haben eine ganz tolle Homepage, Frau Stocker. Ich – ich bin im Internet darauf gestoßen, weil ich mich für Cross-Country-Rennen interessiere."

„Na, schön, da bist du bei mir am richtigen Ort."

„Sie bereiten auch Leute auf Geländerennen vor, oder?"

„Ja, natürlich. Das ist meine Haupttätigkeit. Und meine Schüler sind echt gut, das kann ich dir sagen!"

„Ehrlich? War das etwa einer Ihrer Reitschüler, der den *CC Bertschikon* gewonnen hat?"

„Nein." Die Antwort klang scharf. *„Das war diese Jana Hoffmann, dieses Ekel. Eine absolut ehrgeizige, rücksichtslose Person. Sie hat den CC Bertschikon nun schon zum dritten Mal hintereinander gewonnen."*

Tessa bekam vor Aufregung ganz kalte Hände. Wenn sie jetzt bloß keinen Fehler machte!

„Ich nehme an, dass diese Jana irgendwo im Großraum Zürich wohnt", sagte sie vorsichtig, „die Zürcher sind als eher rücksichtslose Reiter bekannt."

„Ja, nein, nicht direkt Zürich, sie wohnt in Kilchberg, in irgend so 'ner Luxusvilla – ihre Eltern müssen massenhaft Geld haben. Aber, sag mal", in die rauchige Stimme hatte sich plötzlich ein misstrauischer Unterton eingeschlichen, *„weshalb interessiert dich das überhaupt??"*

„Hm, einfach so. Ich möchte eben möglichst viel über diese neue Art von Pferdesport erfahren, zum Beispiel, wann welche Rennen stattfinden, wer welches Rennen gewinnt, woher die Gewinner kommen und so weiter."

„Ach, so", Frau Stockers Stimme klang wieder beruhigt. *„Weißt du was? Komm doch am besten mal bei mir vorbei! Vor Ort lassen sich die Dinge einfacher erklären, oder etwa nicht?"*

„Au, ja, das wäre fein! Ich werde mich bei Ihnen melden, sobald sich von der Schule her eine Möglichkeit ergibt."

Höflich verabschiedete sich Tessa von Frau Stocker und legte den Hörer auf. Sie konnte es kaum glauben. Das Telefonat hatte sie einen Riesenschritt weitergebracht! Sie wusste nicht nur Janas Namen und Adresse, sondern hatte auch eine Ansprechperson gefunden, die ihr beliebig viele Informationen über alles, was auch nur im entferntesten Sinn mit Geländesport zu tun hatte, liefern würde.

Zufrieden rieb sie sich die Hände. Morgen, an ihrem schulfreien Nachmittag, würden sie und Kerstin Jana einen Besuch abstatten. Und wenn sie dann der Lösung des Rätsels nicht ein kleines Stück näher gekommen waren, würde sie einen langstieligen Besen ganz allein aufessen ...

7

Ich kenne dich nicht! Ich kenne dich niicht! Ich kenne dich niiiicht!

Die Stimme kam immer näher. Sie klang seltsam hallend und verzerrt, wie eine computergenerierte Geisterstimme aus irgendeinem Film.

Mit einem Schlag erwachte Tessa. Ihr Herz klopfte zum Zerspringen, ihr Atem ging schnell und keuchend. Was hatte sie bloß geträumt? Es musste etwas Beklemmendes gewesen sein, etwas, das sie bis ins Innerste aufgewühlt hatte.

Doch sie war zu müde zum Nachdenken. Leise stöhnend drehte sie sich auf die Seite und fiel wieder in einen unruhigen, oberflächlichen Schlaf.

Und da war der Traum wieder. In etwas abgewandelter Form, natürlich, aber es handelte sich zweifellos um dieselbe Sache. Nur dass sie es diesmal so intensiv miterlebte, als wäre es nicht ein Traum, sondern unbarmherzige, wirklichkeitsgetreue Realität.

Sie saß in der Schulmensa. Mit ihr am Tisch befanden sich Domian, Pedro, Mikey und Donald. Alle waren mit Essen beschäftigt. Hin und wieder fielen ein paar Bemerkungen. Plötzlich sah sie von weitem, wie Ruben von der einen Seite der Mensa her auf sie zukam. Sie sprang auf und rannte ihm entgegen. Doch er blickte nur mit leeren Augen an ihr vorbei und wiederholte mit monotoner Geisterstimme den Satz, der sie schon vorher aus dem Schlaf gerissen hatte.

Ich kenne dich nicht! Ich kenne dich niicht! Ich kenne dich niiiicht!

Voller Panik drehte sie sich um und rannte zu ihrem Tisch zurück. Nur weg von diesem Geisterwesen, zurück zu den Leuten, die ihr vertraut waren! Aber – gerade als sie sich wieder auf ihren Platz setzen wollte, blickten alle ihre Tischgenossen wie auf Kommando zu ihr hin. Erschrocken hielt sie inne. Die Augen, die sie anblickten, waren leer. Und dann, plötzlich, ertönte es vielstimmig:

Wir kennen dich nicht! Wir kennen dich niicht! Wir kennen dich niiiicht!

Die einzelnen Stimmen klangen hohl, hallend und verzerrt, wie wenn jemand durch professionelle Computertechnik die Schallwellen leicht verlangsamt hätte.

Tessa wollte schreien, ihre ganze Panik, ihren ganzen Frust herausbrüllen. Sie öffnete den Mund, doch nichts geschah. Ihre Stimme gehorchte ihr nicht.

Schwer atmend erwachte sie. Zuerst hatte sie Mühe, sich zu orientieren. Sie war doch in der Schule, und niemand kannte sie dort! Dann, langsam, drang es in ihr Bewusstsein, dass sie doch nicht in der Schule war. Es dauerte noch eine ganze Weile, bis sie realisierte, dass es auch nicht so war, dass niemand in der Schule sie kennen wollte – sie hatte das alles bloß geträumt.

Und doch, so richtig erleichtert war sie nicht. Ein seltsam irritierendes Gefühl blieb zurück. Wie wenn etwas an diesem Traum trotz allem wahr wäre. Es gab jemanden, der sie tatsächlich nicht mehr kennen wollte. Langsam baute sich in ihrer Vorstellung ein Bild auf. Blonde Haarsträhnen, die keck in die Stirn fielen, braun-grüne Augen, in denen tausend schillernde Pünktchen auf und ab tanzten.

Ruben. Sie schlug die Hände vors Gesicht und stöhnte. Er wollte nichts mehr mit ihr zu tun haben. Die spannungsgeladenen Ereignisse der vergangenen Tage hatten die schmerzhafte Sache zwar in den Hintergrund gedrängt, doch gelöst war das Problem deswegen noch lange nicht. Und heute war Mittwoch – Bibelgruppe. Wie sollte sie ihm da bloß begegnen??

Sie blickte auf ihren Wecker und stellte fest, dass er in zwei Minuten losgehen würde. Mit einer müden Handbewegung stellte sie den Schalter auf *off*, dann schälte sie sich aus dem Bett und ging ins Badezimmer.

Eine Dreiviertelstunde später – ihre „stille Zeit" hatte sie im Eiltempo und ohne innere Beteiligung hinter sich gebracht – befand sie sich bereits auf dem Weg zur Schule. Es war ein wunderschöner Maitag, fast zu kitschig, um wahr zu sein. Die Vögel zwitscherten um die Wette, der Himmel war strahlend blau, und in den Vorgärten blühten so viele verschiedenfarbige Blumen, dass man sich daran fast nicht satt sehen konnte.

Doch Tessa nahm von der ganzen Frühlingspracht überhaupt nichts wahr. Mit verschlossenem Gesicht brütete sie vor sich hin, während ihre Beine mechanisch in die Pedale traten. Sie fühlte sich absolut wertlos. Durch Rubens Freundschaft hatte sie in ihren eigenen Augen an Bedeutung gewonnen. Sie hatte sich wertvoll und geliebt gefühlt. Es war ihr leichter gefallen, sich selbst anzunehmen, weil sie wusste, dass Ruben sie mochte, wie sie war. Doch nun war dies alles aus, fertig, zerbrochen – wie Altglas, das gleichgültig in den Sammelcontainer geworfen wird.

Tessas Gesicht war noch immer verschlossen, als sie das Klassenzimmer betrat. Wortlos setzte sie sich an ihren Platz.

„Und, hast du gestern diese Reitlehrerin da noch erreicht?", fragte Kerstin neugierig.

„Ja, habe ich."
„Und? Fehlalarm?"
„Ne, sie hat mir Janas Adresse gegeben."
„Echt??" Kerstin klatschte in die Hände. „Du, das ist ja genial!"
„Ja-a."
„Hey, Tess, was ist mit dir los? Ist dir irgend 'ne Laus über die Leber gekrochen?"
„Nein, es ist alles in Ordnung, echt. Bin bloß ein bisschen müde." Tessa strich sich mit der Hand über die Stirn. „Ich habe gedacht, dass wir Jana heute Nachmittag vielleicht einen kurzen Besuch abstatten könnten – falls sie schon aus dem Krankenhaus entlassen ist."
„Super, ich bin dabei!", rief Kerstin begeistert. „Wir können gleich nach dem Bibelgruppen-Meeting aufbrechen."
Tessa nickte wortlos. *Falls ich nach dem Meeting überhaupt noch lebe,* dachte sie düster.
Zuerst jedoch ging es darum, dass sie die zweistündige Klassenarbeit in Latein überlebte, die von neun bis elf angesagt war. Latein fiel ihr normalerweise nicht besonders schwer – die Grundsprache aller romanischen Sprachen war sehr logisch und nach mathematisch präzisen Regeln aufgebaut.
Doch heute musste Tessa ihren ganzen logischen Verstand aufbieten, um eine einigermaßen sinnvolle Übersetzung für den Übersetzungstext zu finden. Es war ein Abschnitt aus Cäsars *Gallischem Krieg*, eine Abhandlung, die nicht trockener hätte sein können. Als sie um zehn vor elf erschöpft in die Pause torkelte, wimmelte es in ihrem Kopf von Kriegsschilderungen, Schlachtplänen und Kampfstrategien.
Im anschließenden Physikunterricht konnte sie nicht mehr viel aufnehmen. Dem Rest der Klasse

schien es ebenso zu gehen. Alle hockten müde und völlig desinteressiert auf ihren Plätzen. Endlich klingelte es zur Mittagspause.

Tessa und Kerstin packten ihre Bücher zusammen und verließen den Physiksaal im Laufschritt. Tino rief ihnen ein gelangweiltes „Heute müsst ihr nicht mit mir rechnen, Girls“ nach. Tessa zuckte gleichgültig mit den Schultern, während über Kerstins Gesicht ein enttäuschter Ausdruck huschte. Doch sie hatte sich schnell wieder gefasst.

„Na, dann vielleicht das nächste Mal!“, sagte sie und lächelte ihn gleichmütig an.

Schweigend machten sich die beiden Freundinnen auf den Weg zum Begegnungsraum. Tessas Gedanken begannen wieder zu arbeiten. Wie sollte sie sich Ruben gegenüber bloß verhalten? Seit letztem Donnerstag hatte sie ihn nicht mehr gesehen. Und da war er in Begleitung dieses Mädchens aus der unteren Klasse gewesen. Ob sie sich wie gewohnt neben ihn setzten sollte? Oder ob sie ihn einfach ignorieren sollte?

Sie seufzte leise. Die Situation war einfach zu verzwickt. Und Beten half auch nichts. Ihr Herz blieb immer gleich traurig, und die Situation mit Ruben wurde nicht besser, sondern eher schwieriger.

Die Tür zum Begegnungsraum stand offen. Mit einem schnellen Blick überflog sie die Situation. Ruben – war nicht da.

Tessa schwankte zwischen Erleichterung und Enttäuschung. Erst jetzt wurde ihr bewusst, dass sie insgeheim gehofft hatte, dass das heutige Bibelgruppen-Meeting zu einer Klärung beitragen würde. Ja, noch mehr, dass Ruben sie wie üblich freudig begrüßen würde und alles wieder beim Alten wäre. Wie gern hätte sie die ganze letzte Woche einfach aus dem Gedächtnis gestrichen!

Doch Ruben war nicht da. Wo mochte er bloß stecken? Wenigstens blieb ihr nun das Horrorszenario aus ihrem nächtlichen Albtraum erspart. Ruben war nicht da, und somit konnte er sie auch nicht demonstrativ ignorieren.

Sie warf einen gleichmütig-freundlichen Gruß in die Runde und hockte sich neben Kerstin auf den Boden. Mit ein paar zerstreuten Bewegungen kramte sie ihren Notizblock und einige Schreibstifte aus dem Rucksack. Dann begann sie mit Hingabe, irgendwelche sinnlosen Figuren auf den Block zu kritzeln, während sie es angestrengt vermied, Kerstin in die Augen zu schauen.

Es kam ihr wie eine Ewigkeit vor, bis Pedro endlich aufstand und das Meeting mit einem kurzen Gebet einleitete. Nach dem *Amen* fuhr er sich mit einer lebhaften Bewegung durch sein kurz geschnittenes dunkles Haar.

„Wir unterhalten uns heute über das Thema ‚Gnadenidentität'. Keine Angst – keine Angst", er hob amüsiert die Hände in die Höhe, als ein allgemeines Raunen durch die Gruppe ging, „das Thema klingt zwar etwas trocken, aber ihr werdet sehen, es ist echt topaktuell."

Ha, ha, dachte Tessa mürrisch, *topaktuell. Ein abstrakteres Thema hätte er sich wohl nicht ausdenken können.* Weshalb konnte er nicht zum Beispiel mal einige Tipps geben, wie man sich verhalten sollte, wenn man von seinem Freund sitzen gelassen wurde? Aber nein, er musste über *Gnadenidentität* sprechen. Verächtlich presste sie die Lippen zusammen. Ruben hatte das einzig Richtige gemacht – er war gar nicht erst aufgekreuzt. Vielleicht würde sie das nächste Mal auch nicht mehr hingehen. Sie brauchte für ihren Alltag praktische Ratschläge und Anregungen und keine theologischen Abhandlungen.

Desinteressiert kritzelte sie eine Figur nach der anderen auf ihren Notizblock, während ihre Gedanken in alle Richtungen schweiften.

„Viele Menschen brauchen einen Freund oder eine Freundin, um sich wertvoll zu fühlen", drang Pedros Stimme wie aus weiter Ferne zu ihr.

Freund? Freundin? Hatte sie richtig gehört? Plötzlich war ihr ganzes Desinteresse wie weggeblasen. Aufmerksam konzentrierte sie sich auf Pedros weitere Ausführungen.

„Habt ihr das noch nie selbst erlebt?" Pedro blickte sie alle der Reihe nach eindringlich an. „Ein Mädchen ohne Freund fühlt sich minderwertig. Ein Junge ohne Freundin fühlt sich minderwertig. Wer hingegen einen Freund oder eine Freundin hat, leitet sein Selbstwertgefühl häufig einzig und allein aus diesem Sachverhalt ab. *Ich bin wertvoll, weil ich einen Partner habe.* Doch was passiert, wenn die Beziehung in die Brüche geht?"

Er machte eine Pause und blickte fragend in die Runde. „Was passiert, wenn eine Beziehung in die Brüche geht? Fühlst du dich dann immer noch wertvoll, geliebt, geschätzt und einmalig?"

„Hm, nein, natürlich nicht", antwortete ein Mädchen gedankenvoll. „Ich wäre absolut am Boden zerstört und würde mich so nutzlos fühlen wie nur irgendetwas."

„Ich hätte wahrscheinlich Angst, mich in unserer Clique wieder blicken zu lassen", meinte ein anderes Mädchen. „Ich meine, ich stelle mir dies einfach so vor – ich selbst habe noch nie in einer solchen Situation gesteckt. Ich hätte das Gefühl, dass mich alle irgendwie mit einer Mischung aus Schadenfreude und

Mitleid angucken würden. Und dann würde ich mich natürlich erst recht minderwertig fühlen."

„Richtig." Pedro nickte bekräftigend. „All jenen, die sich nur dann wertvoll fühlen, wenn sie einen Freund oder eine Freundin haben, wird die ganze Lebensgrundlage entzogen, wenn die Beziehung in die Brüche geht. Zurück bleiben Scham, Angst und Minderwertigkeitsgefühle. Das ist übrigens auch in anderen Lebensbereichen so. Jemand hat zum Beispiel einen super Job. Die Arbeit ist interessant, er verdient gut – und fühlt sich deshalb wichtig und wertvoll. Doch was passiert, wenn er den Job verliert? Er stürzt in ein Loch, er fühlt sich minderwertig und nutzlos.

Und wisst ihr, weshalb das so ist? Weil sich alle diese Leute mit den falschen Dingen identifizieren! Freundschaft, Job, sozialer Status, Intelligenz und was es alles noch gibt, das sind vergängliche Dinge, die mit einem Schlag zu Ende sein können. Und sie bestimmen keineswegs den Wert einer Person! Du bist nicht wertvoll, weil du einen Freund hast oder weil du intelligent bist, sondern weil Gott dich liebt!"

Tessa hatte das Gefühl, dass Pedro sie bei diesen Worten direkt anschaute. Verlegen starrte sie auf ihren voll gekritzelten Notizblock.

„Wir müssen lernen, unsere Wertvorstellungen neu zu definieren. Niemand ist wertlos, weil er solo ist. Niemand ist wertlos, weil er keinen super Job hat. Niemand ist wertlos, weil er nicht zur coolsten Clique gehört."

Pedro zeigte mit dem Finger der Reihe nach auf jeden der gebannt lauschenden Jugendlichen. „Du bist wertvoll – du bist wertvoll – du bist wertvoll – und du bist wertvoll. Ihr alle seid wertvoll, weil Gott euch liebt! Er hat uns das wertvollste Geschenk gemacht, das überhaupt möglich ist: Er hat uns seinen eigenen Sohn geschenkt. Jesus kam in unser Elend, er starb einen schrecklichen Tod, damit wir mit Gott in Beziehung treten können. Er gibt uns sozusagen eine neue Identität, eine Identität der Gnade und der Liebe. Wir dürfen uns jeden Tag daran freuen, dass wir in den Augen Gottes wertvoll sind – mit all unsern Fehlern, Nöten, Stärken und Schwächen. Wenn wir dies so richtig praktizieren, werden die anderen Dinge wie Job, sozialer Status oder Freundschaft plötzlich nebensächlich und unwichtig."

Von der nachfolgenden Diskussion bekam Tessa überhaupt nichts mit. Sie war innerlich wie erschlagen. Unablässig kreisten Pedros Worte in ihrem Kopf herum. *Du bist nicht wertvoll, weil du einen Freund hast, sondern weil Gott dich liebt.* Sie hatte schon gewusst, dass Jesus sie liebte, aber gleichzeitig war ihr Rubens Freundschaft wichtiger gewesen. Sie hatte sozusagen das Pferd am Schwanz aufgezäumt. Anstatt ihre Identität auf die Liebe Gottes aufzubauen, hatte sie Rubens Gefühle als Grundlage genommen – mit fatalen Folgen für ihre eigene Gefühlswelt. Doch nun hatte ihr Pedro einen Lösungsansatz geliefert. Sie wusste nun, wie sie ihr Selbstwertgefühl zurückgewinnen konnte, auch wenn es wahrscheinlich ein länger dauernder Prozess werden würde.

„Hallo, Tessa, darf man dich mal ganz kurz stören?"

Tessa nickte, während sie heroisch eine nicht eben freundliche Grimasse unterdrückte. Das Mädchen, das sich nach dem Schlussgebet zu ihr gesellt hatte, ging in Rubens Klasse und war als eine der größten Klatschtanten der Schule bekannt.

„Hast du vielleicht eine Ahnung, was mit Ruben los sein könnte? Nun ist er schon seit Montag krank geschrieben und niemand weiß, was er eigentlich hat.“ Der Blick in ihren hellbraunen Augen war eine Mischung zwischen Neugierde, Sensationslüsternheit und Triumph.

Seltsamerweise fühlte sich Tessa durch diese Mitteilung eher erleichtert. *Ruben war also krank.* Wahrscheinlich hatte die Krankheit schon letzte Woche in ihm gesteckt. Und wenn man etwas ausbrütete, war man normalerweise mehr als gereizt. Vielleicht, ja, vielleicht gab es eine ganz simple Erklärung für sein merkwürdiges Verhalten ...

Sie spürte den wissenden Blick ihres Gegenübers und riss sich zusammen. „Tut mir Leid, ich weiß genauso viel wie du“, sagte sie mit unbeteiligter Miene.

„Ich habe gedacht, na ja, ihr seid doch, na ja, befreundet, und da – da ...“

„Tut mir echt Leid“, Tessa lächelte kalt, „da kann ich dir wirklich nicht dienen. Aber vielleicht – warte mal.“ Sie erhob sich halb aus ihrer sitzenden Stellung und winkte einem Jungen zu, der auf der gegenüberliegenden Seite des Raumes hockte. „He, Dave, hier ist jemand, der gern eine Info von dir möchte!“

Dave, Rubens bester Freund, stand sofort auf und schlenderte auf die beiden Mädchen zu. „Zu Ihren Diensten, Ma'am“, sagte er mit einem spitzbübischen Grinsen und machte vor Tessa einen kleinen Knicks.

Tessa lächelte. „Zu freundlich von dir, Dave. Aber eigentlich bin nicht *ich* es, die deine Dienste in Anspruch nehmen möchte, sondern diese Dame hier.“ Sie zeigte auf das Mädchen neben ihr, das sie mit einem nicht eben intelligenten Ausdruck anstarrte. „Und nun möchte ich euch bitten, mich zu entschuldigen – ich muss noch etwas erledigen.“

Geschmeidig wie eine Katze schlängelte sie sich zwischen Dave und der verdutzten Quasselstrippe hindurch und begab sich schnurstracks zu Kerstin, die mit einigen anderen Mädchen in ein Gespräch vertieft war.

„Wenn wir unseren Besuch heute noch abstatten möchten, müssen wir uns jetzt auf den Weg machen", raunte sie ihr zu.

Kerstin warf einen Blick auf ihre Armbanduhr und nickte. Es dauerte noch einige Minuten, bis sie das Gespräch zu Ende geführt und sich von ihren Kameradinnen verabschiedet hatte, doch endlich hatte Tessa sie so weit gebracht, dass sie mit ihr zusammen den Begegnungsraum verließ.

Die Fahrt nach Kilchberg – zuerst mit dem Fahrrad, dann mit der S-Bahn und schließlich mit dem Bus – verlief schweigsam. Kerstin löste Matheaufgaben, während Tessa über Pedros eindringliche Worte nachgrübelte. *Du bist wertvoll, weil Gott dich liebt. Er gibt dir eine neue Identität. Es ist egal, ob du einen Freund hast oder nicht.*

„Was machen wir eigentlich, wenn Jana immer noch im Krankenhaus liegt?", unterbrach Kerstin plötzlich ihre Gedankengänge. „Wir können doch nicht einfach bei der Familie Hoffmann reinplatzen und erwarten, dass sie unsere Geschichte und die Informationen, die wir ihnen auftischen, glaubt."

„Ich weiß auch nicht so genau. Am besten lassen wir die Sache einfach auf uns zukommen und reagieren dann direkt aus der Situation heraus."

„Na, wie du meinst." Kerstins Stimme klang nicht ganz überzeugt.

Etwas außerhalb des Dorfzentrums von Kilchberg verließen sie den Bus. Nicht weit von der Haltestelle führte eine kleine Nebenstraße direkt ins Grüne. Laut dem Stadtplan, den Tessa aus dem Internet heruntergeladen und ausgedruckt hatte, war dies schon die Straße, in der Jana wohnte. Die Wohngegend machte einen gepflegten, wohlhabenden Eindruck. Links und rechts der Straße ragten verschiedenartig gebaute Einfamilienhäuser wie zu groß geratene Bauklötze aus dem Boden.

32 – 34 – 36, zählte Tessa leise vor sich hin. Und hier, die Nummer 38. Janas Elternhaus war im schnörkellosen Stil der 90er-Jahre gebaut. Das Grundstück war offen, nirgends war eine Hecke oder ein Sichtschutz zu sehen. Ein kurzer, gepflasterter Weg führte direkt zur massiven, blau gestrichenen Haustür. Vor der rechten Seitenmauer des Hauses befand sich ein stilvoll ausstaffierter Sitzplatz. Alu-Designermöbel glänzten in der Sonne und da – auf einem gepolsterten Liegestuhl lag, lang hingestreckt, ein rothaariges Mädchen.

Tessa blieb abrupt stehen. War das jetzt eine Halluzination oder war das tatsächlich Jana, die sich hier in bester Verfassung in der warmen Maisonne aalte?

Kerstin blieb ebenfalls stehen. Verdutzt deutete sie auf das rothaarige Mädchen. „Ist sie das?“, wisperte sie leise.

„Keine Ahnung. Könnte schon sein“, raunte Tessa zurück.

Plötzlich öffnete das Mädchen die Augen und blickte den beiden Freundinnen geradewegs ins Gesicht. „Kann ich euch irgendwie helfen?“, fragte sie mit melodischer Stimme.

„Ich, ja, doch, vielleicht“, stotterte Tessa.

8

Gemächlich räkelte sich das rothaarige Mädchen aus seiner nachlässig bequemen Stellung und kam auf die beiden Freundinnen zu.

Es war nicht Jana. Das sah Tessa sofort. Sie hatte Jana drahtig und hager in Erinnerung, mit einem schmalen, etwas strengen Gesicht. Doch dieses Mädchen hier sah anders aus. Mit ihrem weichen, wohl geformten Gesicht, ihrer eher üppigen Figur und dem welligen roten Haar hätte man sie glatt für eine jüngere Ausgabe von Kate Winslet aus dem Film „Titanic" halten können.

Sie lächelte. „Kann ich euch irgendwie helfen?", wiederholte sie ihre Frage.

„Wir möchten gern zu Jana, falls das möglich ist", sagte Kerstin höflich.

„Jana?", fragte sie gedehnt. Sie kniff die Augen zusammen, und ihr Blick wurde plötzlich misstrauisch. „Seid ihr Klassenkameradinnen von ihr?"

„Hm, nein – also, nicht wirklich", antwortete Tessa stockend. „Ich habe sie beim Chatten kennen gelernt. Und ich – nein, wir – möchten etwas Wichtiges mit ihr besprechen."

„Na, gut, dann kommt mal rein. Nein, wartet, wir können es uns auch draußen bequem machen, wenn sich das Wetter schon mal von seiner heiteren Seite zeigt. Übrigens, ich heiße Patricia und bin Janas Schwester."

Tessa und Kerstin nannten ebenfalls ihre Namen. Mit einer einladenden Geste führte Patricia die beiden Freundinnen zum Sitzplatz und wies ihnen je einen schicken Alustuhl zu. Dann verschwand sie im Haus und kam bald darauf mit einem Tablett, auf dem drei gefüllte Colagläser standen, zurück. Sie stellte die Gläser auf den Tisch, angelte sich ebenfalls einen Gartenstuhl und räusperte sich.

„Also, Jana geht es im Moment nicht besonders gut." Sie schluckte hart und ihr hübsches Puppengesicht nahm einen schmerzlichen Ausdruck an. „Sie befindet sich immer noch im Krankenhaus. Deshalb könnt ihr sie leider nicht sprechen. Würde es euch etwas ausmachen, diese wichtige Besprechung mit mir zu führen? Sobald Jana dazu in der Lage ist, werde ich ihr alles mitteilen."

Tessa und Kerstin blickten sich an. Dann nickte Kerstin langsam.

„Okay." Tessa holte tief Luft. „Ich habe mit Jana gechattet, als sie überfallen wurde. Wir hatten unsere Webcams an. Ich habe alles gesehen. Sie hat mir sogar eine Botschaft übermittelt, dann wurde die Verbindung plötzlich unterbrochen."

In Patricias Gesicht spiegelten sich Fassungslosigkeit und Erstaunen. „Gibt's denn so was?", rief sie keuchend. „Das ist ja fast nicht möglich! Aber weshalb hast du dich nicht sofort bei uns gemeldet? Das hätte ein völlig anderes Licht auf die ganze Sache geworfen!"

Tessa blickte ihr offen in die Augen. „Ich konnte nicht. Ich kannte ja nicht einmal Janas Familiennamen, geschweige denn ihre Adresse. Bis ich euch ausfindig gemacht hatte, musste ich meinen ganzen kriminalistischen Spürsinn aktivieren – und ohne Hilfe des Zufalls hätte ich es wahrscheinlich überhaupt nicht geschafft."

In kurzen, sachlichen Worten erzählte sie der verblüfften Patricia, was sie an jenem Samstagabend durch die Webcam beobachtet hatte und wie sie und

Kerstin es schließlich über viele Umwege fertig gebracht hatten, Janas Adresse ausfindig zu machen. „Wir sind eigentlich felsenfest davon überzeugt, dass der *CC Bertschikon* eine wichtige Rolle in diesem Drama spielt", schloss sie ihre Ausführungen. „Und deshalb sind wir hier. Wir haben einige Beziehungen im Pferdesport. Vielleicht können wir uns gemeinsam auf Spurensuche begeben, um dieses Rätsel zu lösen."

„Wow, voll der Hammer", platzte Patricia heraus. „Ich kann mir direkt vorstellen, wie Jana vor dem PC sitzt und vom Täter überrascht wird. Eiskalt kalkuliert sie ihre Chancen. Sie entscheidet sich dafür, dir eine Botschaft zu übermitteln, weil sie erkennt, dass ihr sonst keine andere Möglichkeit bleibt. Typisch Jana – reaktionsschnell, pragmatisch, sachlich und absolut logisch in ihren Überlegungen."

„Ja, diesen Eindruck hatte ich auch von ihr. Sie fasst sich sehr kurz, und ihre Gedanken sind unheimlich strukturiert."

„Sie muss sofort erkannt haben, dass der Täter etwas mit dem *CC Bertschikon* zu tun hat, und sie hoffte wahrscheinlich, dass dich ihre Botschaft auf die rechte Fährte führen würde", meinte Patricia nachdenklich. „Die Polizei schenkte dem gestohlenen Pokal überhaupt keine Beachtung. Sie vermutete, dass der oder die Täter einen Einbruchdiebstahl begehen wollten und dann von Jana überrascht wurden. Sie ergriffen die erste Waffe, die sich ihnen bot – in diesem Fall den Pokal –, schlugen Jana nieder und machten sich darauf aus dem Staub. Den Pokal nahmen sie mit, weil sie ihn als Tatwaffe benutzt hatten und keine verdächtigen Spuren hinterlassen wollten."

Plötzlich jedoch verdunkelten sich ihre Augen.

„Wer garantiert mir überhaupt, dass ich euch trauen kann?“, fragte sie argwöhnisch. „Ich kenne euch nicht. Wer garantiert mir, dass ihr nicht mit dem Täter unter einer Decke steckt und mich nun auf eine falsche Fährte locken möchtet, hm? Und weshalb habt ihr euch nicht einfach bei der Polizei gemeldet? Dann hättet ihr euch die ganze Mühe sparen können!“

Tessa schaute sie fest an. „Das habe ich gemacht. Als ich den Bericht in der Zeitung gelesen hatte, habe ich unverzüglich die Polizei benachrichtigt. Doch man nahm meine Aussage nicht ernst. So haben Kerstin und ich eben begonnen, auf eigene Faust zu ermitteln.“ Ihre Stimme nahm einen beschwörenden Klang an. „Du musst uns einfach glauben“, sagte sie eindringlich. „Und wenn du das nicht kannst, dann frag doch Jana, falls es ihr Gesundheitszustand erlaubt. Sie ist meine beste Zeugin.“

„Das ist ja das Problem“, seufzte Patricia, „Jana hat einen ziemlich deftigen Schlag auf den Kopf gekriegt. Sie ist zwar bei Bewusstsein, aber noch sehr schwach. Bis jetzt durfte sie zu der ganzen Sache gar nicht befragt werden.“ Unschlüssig blickte sie von Tessa zu Kerstin, als könnte sie die Antwort auf ihre Fragen in ihren Gesichtern finden. „Na gut“, sagte sie schließlich, „ich glaube euch. Und nun – was sollen wir tun?“

„Zuerst könntest du uns vielleicht ein wenig vom letzten *CC Bertschikon* erzählen“, schlug Tessa vor. „Ich bin ziemlich fest davon überzeugt, dass wir dort einen Anhaltspunkt finden, der uns weiterhilft. Wie war das Turnier? Ereignete sich irgendetwas Besonderes? Wer hat den zweiten und dritten Rang nach Jana gewonnen?“

Patricia kratzte sich am Kinn. „Ja, das war wirklich

ein eigenartiges Turnier", sagte sie gedankenvoll. „Es fand vor dreieinhalb Wochen statt. Ein Geländerennen wird, wie ihr sicher wisst, in vier Phasen unterteilt. Zuerst wird eine Wegstrecke im Gelände geritten, danach folgt ein kleiner Springparcours auf der Rennbahn, direkt vor der Zuschauertribüne, die dritte Phase besteht wieder aus einer Wegstrecke im Gelände und die vierte Phase schließlich ist sozusagen die Krönung des Ganzen, nämlich ein sehr anspruchsvoller Geländeparcours. Bewertet werden Geschwindigkeit und Geschicklichkeit. Beim letzten Turnier erzielten gleich drei Teilnehmer Spitzenresultate. Sie kamen alle auf dieselbe Punktzahl – ein außerordentlich seltener Zufall."

„Wer waren die drei?", fragte Kerstin.

„Jana und zwei Jungs, ich weiß nicht mehr genau, wie sie heißen. Peter und Michael, irgendwas in der Art." Patricia fuhr sich mit der Hand durch ihren lockigen Haarschopf. Gedankenverloren fuhr sie fort: „Es kam also dann zum Stechen. Sie mussten nicht mehr das ganze Rennen, sondern nur noch den Geländeparcours absolvieren. Jana gewann knapp vor Peter, Michael wurde Dritter."

„Waren die Jungs enttäuscht, als Jana ihnen den Siegerpokal vor der Nase wegschnappte?", fragte Tessa.

Patricia zuckte mit den Schultern. „Das kann ich nicht genau beurteilen. Wie gesagt, ich kenne sie nicht. Das Einzige, was ich über sie weiß, ist, dass sie nicht in Janas Reitklub sind."

„Hm, schade." In Tessas Stimme schwang Bedauern. „Dann erübrigt sich wohl die Frage, ob du einem von ihnen den Überfall auf Jana zutrauen würdest."

„Bingo", antwortete Patricia trocken.

„Wie steht es mit dem Turnierorganisator, diesem Anton Vasalli?“, fragte Kerstin. „Kennst du den?“

„Ja, klar. Super Organisator, aber ein eher unangenehmer Zeitgenosse. Steht so ziemlich mit allen Turnierteilnehmern auf Kriegsfuß. Unfreundlich, unhöflich, barsch und grob.“

„Ist er gegen alle gleich unfreundlich oder hat er sich Jana gegenüber speziell grob verhalten? Wäre er fähig, einen solchen Überfall zu verüben?“

„Soweit ich weiß, gibt es keinen besonderen Grund, weshalb er Jana weniger leiden könnte als die anderen. Er ist einfach ein Grobian, so oder so. Und ja, ich könnte es ihm tatsächlich zutrauen, jemanden niederzuschlagen.“

„Dann denke ich, dass wir ihn uns vielleicht mal vorknöpfen sollten.“ Tessa unterstrich ihre Aussage mit einer entsprechenden Handbewegung.

„Versprich dir nicht zu viel davon“, warnte Patricia, „dieser Mann ist ein Ekel.“

„Weshalb versuchen wir es nicht einfach? Wer weiß, vielleicht findet sich dort irgendwo die Antwort auf unsere Fragen ...“

„Und es wäre natürlich schön, wenn du uns begleiten würdest!“, schaltete sich Kerstin ein. „Drei Augenpaare sehen garantiert mehr als zwei. Zudem bist du sozusagen eine Insiderin und hast als direkt Betroffene bestimmt mehr Gewicht als wir, die wir ja eigentlich unbeteiligt sind.“

„Wenn ihr meint“, sagte Patricia zögernd. „Aber habt ihr keine Angst, dass er uns gefährlich werden könnte? Mit dem Typen ist echt nicht zu spaßen.“

„Halb so schlimm.“ Kerstin zuckte mit den Schultern. „Ein paar grobe Worte werden wir, denke ich, überleben. Und auffressen wird er uns bestimmt nicht.“

„Okay, also ich bin dabei. Wie wäre es mit Samstagvormittag? Vorher geht es bei mir leider nicht."

„Passt uns ideal, oder?" Tessa blickte fragend zu Kerstin.

„Ja, ist okay. Übrigens, Patricia, kennst du diese Reitlehrerin, die den Fan-Shop des *CC Bertschikon* führt? Die könnten wir auch noch in unsere Liste der Verdächtigen aufnehmen. Als Tessa sie nämlich angerufen hat, hat sie aus ihrer Abneigung gegen Jana kein Hehl gemacht. Vielleicht war ja der Angreifer gar kein Mann, sondern eine Frau ..."

„Du meinst Monika Stocker? Die kann Jana tatsächlich nicht ausstehen, und ich weiß auch, wieso. Ihre Schüler haben es bisher noch nie unter die ersten Drei geschafft. Jana ist ihr schlicht und einfach ein Dorn im Auge."

„Okay, dann wird Frau Stocker nach Herrn Vasalli die Nächste sein, der wir einen Besuch abstatten", beschloss Tessa. „Vielleicht kann sie uns einige wertvolle Infos liefern." Sie machte eine Pause und strich sich nachdenklich übers Kinn. „Bleiben noch Peter und Michael. Von ihnen wissen wir gar nichts, außer ihren Namen natürlich. Ich werde da mal Karin auf ihre Fährte ansetzen. Mit ihren zahllosen Beziehungen in Reiterkreisen wird sie es bestimmt schaffen, ihre vollständigen Adressen aufzutreiben. Und dann werden wir ihnen ebenfalls auf den Zahn fühlen."

„Karin?"

„Ja, das ist meine Patentante. Sie ist Reitlehrerin auf dem *Homberg*, einem Reithof zwischen Zürich und Rümlang. Sie hat uns auch schon bei der Auflösung von kriminalistischen Rätseln geholfen."

Tessa fuhr sich mit der Zunge über die Lippen, nahm ihr Colaglas in beide Hände und trank es in einem Zug bis zur Hälfte leer. Sie wollte es gerade wieder auf den Tisch zurückstellen, als sie plötzlich hinter sich eine Bewegung wahrnahm. Mit einem Ruck drehte sie sich um. Nur einige Meter von ihr entfernt stand ein junger Mann, der eifrig seine Arme hin und her schwenkte, um die drei Mädchen am Tisch auf sich aufmerksam zu machen.

„Hallo, Patricia, hallo!", rief er. Seine Stimme hatte einen lustigen, ausländischen Akzent. „Du Arbeit für mich?"

„Nein, heute nicht, aber komm, setz dich doch ein wenig zu uns, Igor!", rief Patricia zurück.

Während sich der junge Mann mit vorsichtigen Schritten dem Tisch, an dem die drei Mädchen saßen, näherte, musterte ihn Tessa eingehend. Er trug eine dünne, abgewetzte Jacke und eine altmodische Bundfaltenhose. Sein schmales, intelligentes Gesicht wurde von halblangem, dunkelblondem Haar umrahmt.

Mit einer höflichen Verbeugung reichte er Tessa, Kerstin und Patricia die Hand. „Ich – Igor", stellte er sich, zu Tessa und Kerstin gewandt, vor, „und ihr, Fraundin von Patricia?"

„Ja, das heißt, nein", stotterte Tessa.

„Fraundschaft gute Sache", nickte Igor, „ich zu Hause auch viele Fraund."

„Komm, setz dich." Patricia lächelte einladend und rückte dem jungen Mann einen Stuhl zurecht. Bedächtig ließ er sich nieder.

„Möchtest du eine Cola?" Patricia wartete seine Antwort gar nicht ab, sondern verschwand im Haus und kam bald darauf mit einem großen, gefüllten Glas zurück.

„Danke", sagte Igor. „Ich gern Cola. Cola meine gernste Trinken."

„*Lieblingsgetränk* heißt das“, korrigierte ihn Patricia schmunzelnd. „Igor kommt aus Tschetschenien“, wandte sie sich an Tessa und Kerstin, die dem Gespräch mit verwunderten Mienen zuhörten. „Er ist erst seit etwa vier Monaten in der Schweiz und wohnt in der Unterkunft für Asylbewerber, die sich etwas außerhalb des Dorfes befindet. Vor einiger Zeit hat er mir mal aus der Patsche geholfen und seither kommt er oft hier vorbei, um mir bei der Arbeit zu helfen oder einfach ein wenig zu plaudern.“ Sie lachte verlegen. „Meine Eltern sind beide berufstätig, und so bleibt die Haus- und Gartenarbeit meist an mir hängen.“

„Ich gern arbeiten“, erklärte Igor im Brustton der Überzeugung.

„Ich auch viel im Haus arbeiten“, nickte Tessa, „meine Mutter oft nicht zu Hause, sie Geld verdienen muss.“

„He, Tess“, lachte Kerstin, „du hilfst Igor kein bisschen, wenn du dich in der Infinitivsprache mit ihm unterhältst. Du kannst ruhig Deutsch mit ihm sprechen.“

Tessa wurde rot. „Sorry, das kam ganz automatisch. Mit unseren albanischen Nachbarn spreche ich auch immer so, wahrscheinlich habe ich dann das Gefühl, dass sie mich besser verstehen.“

Igor lächelte freundlich. „Keine Problem. Ich nicht viel verstehen, so oder so. Du dir keine Sorg machen.“ Er ergriff das Colaglas mit beiden Händen und nahm zaghaft einige kleine Schlucke.

Tessas Blick fiel – mehr unbewusst als absichtlich – auf seine rechte Hand. Am Mittelfinger steckte ein breiter, silberner Ring, mit einem kunstvoll verarbeiteten Yin-und-Yang-Zeichen, dem chinesischen Symbol für die harmonische Balance zwischen Gut und Böse. Sie stutzte. Der Ring passte so überhaupt nicht zu seiner restlichen, eher konservativen Erscheinung. Einen solchen Ring würde man sich an der Hand eines freakigen Aussteigers oder eines flippigen Studenten vorstellen, aber nicht an der Hand eines tschetschenischen Flüchtlings, der zudem noch mit ziemlicher Sicherheit der moslemischen Religion angehörte.

„Wie geht deine Schwester?", fragte Igor, während er das Glas vorsichtig auf den Tisch zurückstellte. „Sie schon etwas guter?"

Patricias Augen umwölkten sich. „Jana ist immer noch im Krankenhaus", sagte sie traurig. „Es geht ihr zwar etwas besser, aber so wie es aussieht, dauert es noch eine Weile, bis sie nach Hause kommen darf."

„Arme Jana, arme Patricia", sagte Igor bedrückt. „Jana schöne Name, kommen in meine Heimat auch vor." Er lächelte unsicher. „Jana sicher bald – wie heißt es – besser? Guter?"

„Besser", fiel ihm Kerstin ins Wort.

„Besser. Danke. Dann sie kommen nach Hause und du nicht mehr traurig sein."

„Ja, nicht mehr traurig", echote Patricia. Abwesend starrte sie vor sich hin.

Tessa warf einen diskreten Blick auf ihre Uhr. „Hör mal, Patricia", sagte sie höflich, „ich glaube, wir sollten langsam aufbrechen, sonst kommen wir mitten in den Feierabendverkehr. Dann sehen wir uns also am Samstag, oder?"

Patricia nickte. „Geht klar. Ich schlage vor, dass wir uns um halb zehn beim Zürcher Hauptbahnhof treffen. Von dort kann ich euch lotsen. Ich war nämlich schon mal mit Jana dort."

„Ihr gehen zusammen auf Reise? Wohin denn?", erkundigte sich Igor.

„Wir besuchen einen alten Bekannten.“ Gedankenverloren scheuchte Patricia eine Fliege fort, die sich auf ihrem Arm niedergelassen hatte. Dann hob sie unvermittelt den Kopf. Ihre Augen leuchteten, als hätte sie soeben einen absolut genialen Gedankenblitz gehabt. „Was meinst du, Igor? Hättest du Lust, mitzukommen?“

Tessa und Kerstin zuckten zusammen. Was war bloß in Patricia gefahren? Hatte sie nicht kapiert, dass ihre Angelegenheit streng geheim war und sie nicht einfach einen x-beliebigen Fremden zu einer solch heiklen, delikaten Befragung mitnehmen wollten?

Tessa öffnete den Mund, um Patricia einen höflichen Hinweis zu geben, doch Igor kam ihr zuvor.

„Samstag?“, fragte er gedehnt. „Schade, Samstag ich Fraund besuchen. Kommen auch aus meine Land. Wohnen in Bern. Ich mich freuen, ihn sehen. Aber vielleicht andermal?“

Tessa und Kerstin unterdrückten einen Seufzer der Erleichterung, während über Patricias Gesicht ein enttäuschter Ausdruck huschte. Sie hatte sich jedoch schnell wieder gefasst.

„Na gut“, sagte sie leichthin, „dann vielleicht ein anderes Mal.“

„Also, wir müssen nun wirklich aufbrechen“, sagte Kerstin. „Danke für deine Gastfreundschaft, Patricia, das war echt lieb von dir.“

Tessa bedankte sich ebenfalls, dann standen die beiden Freundinnen auf und verabschiedeten sich von dem ungleichen Paar. Eilig machten sie sich auf den Heimweg. Sie erreichten den Ort, wo sie ihre Fahrräder geparkt hatten, tatsächlich noch vor dem großen Feierabendverkehr, obwohl die Fahrt mit Bus und S-Bahn fast eine geschlagene Stunde gedauert hatte.

Zehn Minuten später deponierte Tessa ihr Fahrrad im Keller ihres Wohnblocks. Im Laufschritt sprintete sie die unzähligen Treppenstufen zu ihrer Wohnung hoch. Vor der Wohnungstür blieb sie abrupt stehen. Eine riesige, kunstvoll verpackte Blumenschale stand neben dem Teppichvorleger. Die matt glänzende, transparente Plastikfolie war mit verschiedenen edlen Bastbändern geschmückt. Auf einem kleinen braunen Umschlag aus Naturfaserpapier prangte in großen Druckbuchstaben ihr Name. *Tessa.*

Ihr Herz begann einen Tango zu trommeln. *Ruben,* schoss es ihr durch den Kopf. Die Blumen waren bestimmt von Ruben. Ein Versöhnungsgeschenk, ein Zeichen, dass er sie immer noch liebte und alles wieder gut war. Mit zitternden Fingern riss sie den braunen Umschlag von der Verpackungsfolie, öffnete ihn und – schüttelte frustriert den Kopf. Auf der winzigen Karte stand in wohl geformten, regelmäßigen Druckbuchstaben: *Für meine Lebensretterin, Mikey.*

Erbittert schleuderte Tessa die Karte zu Boden. Die Blumen konnten ihr gestohlen bleiben, Mikey konnte ihr gestohlen bleiben, und Ruben konnte ihr gestohlen bleiben. *Es ist nicht wichtig, ob du einen Freund hast,* klang eine leise Stimme in ihrem Innern, *wichtig ist nur, dass du weißt, dass Gott dich liebt.*

„Nein!“, fauchte sie halblaut und ballte die Hände zu wütenden Fäusten, „diesmal hast du Unrecht, Pedro. Das Wissen, dass Gott mich liebt, reicht nicht. Es reicht überhaupt nicht. Und es ändert nichts an der Tatsache, dass ich innerlich ein Riesenvakuum verspüre, weil ich nicht weiß, ob die Sache mit Ruben je wieder gut werden wird oder nicht.“

9

Am Samstag regnete es in Strömen. Missmutig schlüpfte Tessa in ihren wasserdichten Anorak. Sie hasste Regen. Am liebsten hätte sie das ganze Jahr hindurch Sonnenschein. Andererseits passte die unfreundliche Stimmung draußen perfekt zu ihrer momentanen Gemütslage.

Die Sache mit Ruben ließ ihr einfach keine Ruhe. Gedankenverloren zupfte sie mit den Zähnen an ihrer Unterlippe herum. Seit letztem Montag war er nicht mehr in der Schule aufgekreuzt. Ob er so schwer krank war? Oder gab es einen anderen Grund für sein Fernbleiben? Etwas, das vielleicht auch mit seinem seltsamen Verhalten ihr gegenüber zu tun haben könnte?

Sie seufzte. Vielleicht sollte sie ihn mal anrufen. Schließlich war ihre Freundschaft ja noch nicht offiziell beendet. Obwohl – rein offiziell existierte sie auch nicht, da sie sich einander nie wirklich erklärt hatten. Sie hatten einfach gewusst, dass sie zusammengehörten, Worte hätten diesem unsichtbaren Band zwischen ihnen bloß geschadet.

Mit steifen Fingern klaubte sie ein zerknülltes Papiertaschentuch aus ihrer Jackentasche. Sie verzog angewidert das Gesicht. Wie viele kleine Käferchen mochten sich wohl in den hauchdünnen Zelluloseschichten tummeln? Hastig beförderte sie den ehemals blütenweißen Miniwust in den Mülleimer.

Nein, ich rufe Ruben nicht an, beschloss sie starrsinnig. Sonst interpretierte er ihre Nachfrage womöglich noch falsch. Schließlich hatte er sehr deutlich gemacht, dass er auf Distanz gehen wollte. Sollte er doch schauen, wie er allein zurechtkam.

Mit stolz zurückgeworfenem Kopf verließ sie die Wohnung. Punkt halb zehn kam sie beim Zürcher Hauptbahnhof an. Kerstin und Patricia erwarteten sie schon. Sie begrüßten sich und bestiegen dann den Zug nach Uster. Zwanzig Minuten später hatten sie ihren Zielort erreicht. Eilig verließen sie den doppelstöckigen Zug.

„Nun müssen wir den blauen Bus hier nehmen, bis zur Endstation fahren und danach noch zirka zehn Minuten zu Fuß gehen", verkündete Patricia mit der überlegenen Sicherheit einer Ortskundigen.

„Du, ich habe da noch etwas auf dem Herzen", begann Tessa vorsichtig, nachdem sie es sich in der hintersten Sitzreihe des Busses bequem gemacht hatten.

„Ja?" Patricia strich sich eine rote Locke aus der Stirn und lächelte aufmunternd.

„Ich, hm, fand es ein wenig gewagt, dass du Igor einfach zum Mitkommen aufgefordert hast. Ich weiß ja nicht, wie gut du ihn kennst, aber Kerstin und ich hätten ein wenig Bedenken gehabt, wenn er heute dabei gewesen wäre."

„Genau", unterstützte sie Kerstin, „bevor wir neue Leute in unsere Geheimnisse einweihen, besprechen Tessa und ich uns immer. Und wir sind lieber zu vorsichtig als zu sorglos."

„Ja, das kann ich verstehen." Patricias Stimme klang zerknirscht. „Ich war vielleicht tatsächlich etwas zu voreilig. Aber andererseits ist Igor für mich die Vertrauenswürdigkeit in Person. Ich könnte, denke ich, meine Hand für ihn ins Feuer legen."

„Wie hast du ihn denn genau kennen gelernt?"

„Das war so: Vor zwei oder drei Wochen ging ich

nach der Schule einkaufen. Als ich, voll bepackt mit einer riesengroßen Einkaufstüte, aus dem Geschäft trat und zu meinem Fahrrad ging, sah ich, dass in der Zwischenzeit jemand die Luft aus den Reifen gelassen hatte. Ich war ratlos. Wie sollte ich bloß den Heimweg schaffen? Die Tüte war zum Tragen zu schwer, und das Fahrrad war mehr als unbrauchbar. Ich versuchte es trotzdem, indem ich die Tüte auf den Gepäckträger klemmte und das Rad halb schob, halb schleppte. Während ich mich derart kläglich abmühte, kam plötzlich ein Mann auf mich zu und fragte mich, ob er mir helfen könnte. Es war Igor. Ich kannte ihn damals natürlich noch nicht. Er nahm mir das Fahrrad samt Einkaufstüte ab und hievte alles nach Hause. Wir kamen miteinander ins Gespräch. Er bot mir an, mir hin und wieder beim Einkaufen oder bei der Hausarbeit zu helfen, da er als Asylbewerber keiner regulären Arbeit nachgehen darf. Ich merkte, dass es ihm wichtig war, eine Beschäftigung zu haben. So sagte ich zu – und ich wurde bisher kein einziges Mal enttäuscht. Er ist sehr fleißig, dazu unheimlich höflich und bescheiden."

„Das glaube ich dir gern", besänftigte sie Kerstin. „Ich hatte auch den Eindruck, dass er so weit in Ordnung ist. Aber trotzdem – Vorsicht ist die Mutter der Porzellankiste."

„Übrigens", wechselte Tessa abrupt das Thema, „weißt du, ob Janas Pferd immer noch zum Verkauf steht? Deshalb habe ich ja ursprünglich Kontakt mir ihr aufgenommen."

„Du meinst Gitago? Jana hatte einige Interessenten, aber ich glaube nicht, dass sie schon mit jemandem handelseinig geworden ist. Dann kam der Überfall dazwischen. Seither läuft in dieser Richtung gar nichts mehr, denn sie will selbst entscheiden, wem sie ihr Pferd verkaufen möchte."

„Weshalb möchte sie ihn denn überhaupt verkaufen?"

„Gitago ist ein Pferd, das nicht sehr viel Biss hat. Trotzdem braucht er Bewegung und Abwechslung. Seit Jana Remember besitzt, die viel feuriger und temperamentvoller ist, kann sie für Gitago einfach nicht mehr genug Zeit erübrigen. Deshalb hat sie sich schweren Herzens dazu entschlossen, ihn zu verkaufen."

„Reitest du eigentlich auch?", fragte Kerstin interessiert.

„Ja, natürlich. Ich besitze ebenfalls ein eigenes Pferd. Es ist ein Friese und heißt Sherlock Holmes. Ich reite jedoch nicht wettkampfmäßig wie Jana – das hat mir nie etwas bedeutet."

Inzwischen waren sie bei der Busendstation angelangt. Sie stiegen aus und machten sich zu Fuß auf den Weg zu Anton Vasallis Hof. Eine gute Viertelstunde später tauchte auf der rechten Seite der schmalen Zufahrtsstraße eine Pferdekoppel auf.

„Hier, das ist es." Patricia deutete mit dem Finger auf ein baufälliges Wohnhaus aus dunklen Holzplatten. Es lag in einer kleinen Senke hinter der Koppel und glich eher einem Barackencontainer als einem zivilisierten Haus. Daneben befanden sich einige Pferdeboxen, die ebenfalls ziemlich verlottert wirkten.

„Der Eindruck täuscht", antwortete Patricia auf die unausgesprochenen Fragezeichen in Tessas Augen. „Herr Vasalli hat ausgezeichnete Zuchtpferde. Er ist gut zu ihnen, obwohl es bestimmt kein Luxus wäre, ihre Behausungen einmal ein wenig auf Vordermann zu bringen."

Mit zaghaften Schritten näherten sie sich der dunklen Wohnbaracke. Sie hatten sie noch nicht ganz erreicht, als sich plötzlich die Tür öffnete und ein Mann heraustrat. Angefangen von den unappetitlichen Bartstoppeln bis hin zu den vergammelten Jeans machte er einen ebenso ungepflegten Eindruck wie der übrige Betrieb.

„Was wollt ihr hier?", herrschte er die drei jungen Mädchen an.

„Wir möchten Sie gern etwas fragen, Herr Vasalli", sagte Patricia, ohne sich aus der Ruhe bringen zu lassen.

„Ich habe keine Zeit, um mich mit unnötigen Fragen herumzuschlagen. Und jetzt – macht, dass ihr fortkommt!"

„Halt, nicht so schnell, Herr Vasalli", schaltete sich Tessa ein. Ihre Stimme klang eiskalt. „Oder würden Sie es vorziehen, wenn wir die Angelegenheit der Polizei übergeben würden?"

„Der Polizei übergeben, haha!" Der ungepflegte Mann lachte lauthals und schlug sich auf die Schenkel. „Habt ihr tatsächlich das Gefühl, die Polizei interessiere sich für die Angelegenheiten unreifer Gören?"

„Vor genau einer Woche wurde Jana Hoffmann, meine Schwester, von einem Unbekannten niedergeschlagen. Wir haben herausgefunden, dass der Täter aus dem Umfeld des *CC Bertschikon* stammt. Ich denke, dass sich die Polizei sehr wohl für diesen Umstand interessieren würde."

Einen kurzen Moment lang schien es, als würde über Anton Vasallis Gesicht ein erschreckter Ausdruck huschen. Seine Mundwinkel zogen sich leicht nach unten, dann, plötzlich, verzerrte sich der ganze Mund zu einem höhnischen Grinsen. „Was phantasierst du denn hier zusammen? Dass Jana Hoffmann niedergeschlagen wurde, das habe ich auch gehört. Aber, wie, bitte schön, kommst du denn darauf, dass der Täter aus dem Umfeld des *CC Bertschikon* stammt? Warst du etwa bei dem Überfall dabei? Oder lief eine versteckte Kamera?"

„Ja, nein, das –"

„Das tut nichts zur Sache", fiel ihr Tessa ins Wort. „Wir wissen es einfach, und das genügt."

„Aber bestimmt nicht von Jana!", höhnte Herr Vasalli. „Wie ich gehört habe, hat sie nämlich einen ziemlich deftigen Schlag auf den Kopf gekriegt und war gleich hinüber. Da erinnert man sich nachher nicht mehr an irgendwelche Einzelheiten oder besondere Merkmale. Nein, ich bleibe dabei – ihr wollt euch bloß wichtig machen und überall eure rotzigen Schnüffelnasen reinstecken!"

„Nein, bestimmt nicht!", wehrte sich Kerstin. „Wir sind wirklich überzeugt, dass der Überfall auf Jana etwas mit dem letzten *CC Bertschikon* zu tun hat. Und Sie können uns bestimmt weiterhelfen, weil Sie ja das Turnier organisiert haben und vielleicht Hintergrundinformationen besitzen, die nicht jedem zugänglich sind."

„Haha, Hintergrundinfos, das würde euch so passen, haha! Aber da seid ihr bei mir an der falschen Adresse. Von mir kriegt ihr nichts, auch nicht so viel!" Zur Bekräftigung seiner Worte wedelte er mit der rechten Hand direkt vor den Köpfen der drei Mädchen herum.

Tessa beobachtete ihn mit zunehmendem Widerwillen. Dieser Mann war ein Ekel. In seinen Augen lauerte eine undefinierbare Boshaftigkeit. Oder war es vielleicht Furcht, die er mit seinem widerwärtig-spöttischen Verhalten überspielen wollte?

Schon Patricia hatte zugegeben, dass sie ihm zutrauen würde, einen anderen Menschen niederzuschlagen. Und nun, da sie ihm Auge in Auge gegenüberstand, musste sie ihr hundertprozentig Recht geben. Der lauernde Blick, die ungepflegte Erscheinung, die groben Worte – alles passte wunderbar ins Bild. Andererseits hatte sie auch schon die Erfahrung gemacht, dass selbst das schönste Bild täuschen konnte. Mit Beschämung dachte sie an ihre ungerechtfertigten Verdächtigungen Domian gegenüber, und wie sie sich richtiggehend in ihre falschen Schlussfolgerungen hineingesteigert hatte.

Doch hier lag der Fall anders. Herr Vasalli steckte knöcheltief in der Sache drin. Er war nicht nur ein ekliger, widerwärtiger Typ, sondern auch der Manager, Coach und Organisator jenes Anlasses, der Jana zum Verhängnis geworden war.

„Und nun – hasta la vista, meine Damen!" Mit diesen Worten drehte sich Anton Vasalli abrupt auf dem Absatz um und ließ die verdutzten Mädchen einfach stehen.

„So ein Rohling", schimpfte Patricia leise vor sich hin. „Das ist ein Ungeheuer und kein Mensch! Jetzt sind wir extra diesen weiten Weg hergekommen, und er nimmt unser Anliegen nicht mal ernst. Mist!"

Tessa blickte dem davonstampfenden Mann lange nach. Sie kam sich wie in einem dieser düsteren Agententhriller vor, wo während des ganzen Films nur trübes Zwielicht herrscht. Ein beklemmendes Gefühl stieg in ihr auf. Der grau verhangene Himmel, der triefende Regen und die baufälligen Gebäude würden eine perfekte Kulisse für ein dunkles Verbrechen abgeben. Oder, anders gesagt – dieser Ort hier war wie geschaffen, um düstere Untaten auszubrüten.

Sie schüttelte sich und wandte sich Kerstin und Patricia zu. „Kommt, wir haben hier nichts mehr zu suchen. Diesem Kerl müssten wir schon die Polizei ins Haus hetzen, damit er etwas gesprächiger würde."

„Wartet mal." Patricia kratzte sich nachdenklich am Kinn. „Irgendetwas an der Sache ist faul. Da gibt es irgendein kleines Detail, das mich irritiert, aber ich komme mit dem besten Willen nicht drauf, was es sein könnte."

„Ist dir beim Gespräch etwas aufgefallen?"

„Könnte sein. Es könnte aber auch an Herr Vasallis Erscheinung liegen oder an der ganzen trostlosen Umgebung hier. Ich weiß es wirklich nicht."

„Schade." Kerstin wandte sich langsam zum Gehen. „Jede Einzelheit ist wichtig und könnte uns auf die richtige Spur bringen."

„Ich weiß, ich weiß. Ich werde mir Mühe geben und mir pflichtschuldigst den Kopf zerbrechen."

„Leider können wir dir da nicht groß helfen. Wir kennen die Verhältnisse zu wenig, um ein zutreffendes Urteil zu bilden – außer natürlich, dass der Typ hier ein ungehobelter Grobian ist."

„Schade, dass er ein solch langes Flanellhemd trug." Tessa kickte einen kleinen Kieselstein ins Gras. „Sonst hätten wir wenigstens seinen Gürtel etwas unter die Lupe nehmen können. Wer weiß, vielleicht trägt er ja einen Gürtel mit diesem seltsamen Emblem, diesen beiden ineinander verschlungenen Hufeisen – wie der Täter, den ich auf der Webcam gesehen habe."

„Und was hätten wir davon? Einen solchen Gürtel tragen bestimmt Dutzende von Leuten", gab Kerstin zu bedenken.

„Da hast du auch wieder Recht. Fehlanzeige, absolute Fehlanzeige."

Mittlerweile befanden sie sich wieder auf der Straße. Böige Regenschwaden peitschten ihnen ins Gesicht. Die Regenschirme, die sie krampfhaft über ihre Köpfe hielten, wurden vom Wind wie kleine Nussschalen hin und her gezerrt. Über den Asphalt strömten Wasserbäche in allen Größen, so dass es schien, als wäre die ganze Straße am Davonfließen.

Mit einer unwilligen Bewegung strich sich Tessa die nassen Haare aus dem Gesicht. In der Ferne lösten sich immer neue dunkle Wolken aus dem grauen Einerlei, das eigentlich den Horizont markieren sollte. Sie sahen düster und bedrohlich aus und hingen so tief, dass sie fast den Boden berührten. Kein Sonnenstrahl brach durch die dunkle Wolkendecke, alles war von einem zähen, undurchdringlichen Schleier verhüllt.

„Und was machen wir jetzt?“, fragte Patricia mutlos.

„Das Einzige, was uns bleibt, ist diese Monika Stocker“, meinte Kerstin.

„Und Karin“, warf Tessa ein. „Ich habe sie am Donnerstag angerufen und sie auf die Fährte von Peter und Michael gesetzt. Ich habe so ein Gefühl, dass wir bald von ihr hören werden. Dann können wir uns über die weiteren Schritte klar werden.“

„Ich finde, wir könnten dieser Frau Stocker ja trotzdem mal einen Besuch abstatten. Vielleicht kann sie uns sagen, wer in der letzten Zeit einen Gürtel mit dem Emblem des *CC Bertschikon* bei ihr gekauft hat, oder sie liefert uns sonst irgendeine brauchbare Information.“

Kerstin wollte ihren Worten mit einer energischen Handbewegung Nachdruck verleihen, doch genau in diesem Moment erfasste ein plötzlicher Windstoß ihren Regenschirm, krallte sich in ihm fest und stülpte schließlich mit einem Riesenruck seine Innenseite nach außen.

Trotz ihres Frusts konnte sich Tessa ein kleines Lächeln nicht verkneifen. Es sah zu drollig aus, wie Kerstin mit ihrem Regenschirm kämpfte – ein Bild, das sie ein wenig an Don Quichottes aussichtslosen Kampf gegen die Windmühlen erinnerte.

„Also, ich bin auch dafür, dass wir uns diese Frau Stocker mal vorknöpfen“, sagte Patricia, nachdem Kerstin ihren Schirm endlich erfolgreich unter Kontrolle gebracht hatte. „Es ist besser, etwas zu *tun*, als einfach Däumchen zu drehen und abzuwarten.“

„Vielleicht wäre es trotzdem sinnvoller, wenn wir erst Karins Bericht abwarten“, meinte Tessa zögernd. „Dann können wir die ganze Lage nochmals sachlich beurteilen und die nächsten Schritte planen. Mir ist echt die Lust auf solche Zufallsbesuche vergangen. Falls nämlich Frau Stocker spitzkriegt, was wir wirklich wollen, wird sie uns genauso abblocken, wie Anton Vasalli es eben getan hat. Es scheint, dass in dieser Szene alle wie Pech und Schwefel zusammenhalten.“

„Na gut“, lenkte Kerstin ein, „warten wir also Karins Bericht ab.“

„Und vielleicht war dieser Besuch heute gar nicht so sinnlos“, hakte Patricia nach. „Ich weiß, dass irgendwo ein Anhaltspunkt zu finden ist, irgendetwas, das uns weiterbringen könnte. Im Moment kann ich es zwar noch nicht sehen, aber ich bin sicher, dass ich es herausfinden werde. Wenn ich alles nochmals rekonstruiere und genau analysiere, werde ich dem Geheimnis bestimmt auf die Spur kommen.“

Tessa antwortete nichts. Missmutig blickte sie zum dunkelgrauen Himmel, der in unbarmherziger Beharrlichkeit Regenguss um Regenguss auf sie niederprasseln ließ.

10

„Ach, ist das eine Wohltaaat!“ Genüsslich dehnte Kerstin das *a* in die Länge, während sie sich bequem in der Bank zurücklehnte und ihr Gesicht der Sonne entgegenstreckte. „Nach diesem verregneten Wochenende habe ich gar nicht mehr gewusst, dass es so etwas wie Sonnenschein überhaupt gibt.“

„Ja, die Sonne hat sich fristgerecht auf den Anfang der Schulwoche wieder zurückgemeldet“, antwortete Tessa trocken. „Ein super Timing, echt.“

„Nun sei doch mal nicht so kleinlich. Wenn es jetzt regnen würde, könnten wir unsere Mittagspause nicht hier draußen an der frischen Luft verbringen, sondern würden irgendwo in der muffigen Mensa sitzen und uns von Tino & Co. die Ohren voll labern lassen.“

Tessa schmunzelte. Weder Tino noch Manu noch Irmela hatten Lust verspürt, die Mittagspause in der freien Natur zu genießen. Sie hatten sich wie gewohnt an ihren Tisch in der Mensa gesetzt und quatschten wahrscheinlich über irgendwelche belanglosen Dinge. Sollten sie doch. Sie trauerte ihnen nicht nach, im Gegenteil – es war richtig schön, Kerstin während der Schulzeit mal für sich allein zu haben.

Sie biss ein großes Stück von ihrem Schinkensandwich ab und kaute gedankenvoll daran herum. „Sag mal“, begann sie plötzlich, „haben sich deine Gefühle Tino gegenüber eigentlich irgendwie verändert? Mir fällt auf, dass du nicht mehr so oft in seiner Begleitung bist wie noch vor einigen Wochen. Wie kommt das?“

„Hm“, Kerstin blinzelte verträumt in die Sonne,

„ja, das ist so: Erinnerst du dich noch an unser Gespräch vor etwa zwei Wochen?“

Tessa nickte.

„Du hast mir dort gesagt, dass es mir vielleicht helfen könnte, wenn ich Jesus ganz konkret fragen würde, was er an meiner Stelle tun würde. Nun – ich habe das gemacht und eigentlich klar gesehen, dass ich die Beziehung zu Tino beenden sollte. Doch ich war einfach noch nicht bereit dazu. Ich hatte Angst, dass ich dann allein dastehen würde, dass ich mich wertlos fühlen würde, ungeliebt.“

„Dieses Gefühl kenne ich“, sagte Tessa trocken.

„Und dann, am letzten Mittwoch beim Bibelgruppen-Meeting, da hat mir Pedro direkt ins Herz hinein gesprochen. Plötzlich sah ich, dass ich meine Wertmaßstäbe völlig falsch gesetzt hatte. Ich bin ja gar nicht wertlos, wenn ich keinen Freund habe, nein, ich bin wertvoll, so wertvoll, dass Jesus für mich gestorben ist und mir eine neue Identität gegeben hat. Dieses Wissen machte mich richtig frei. Ich habe zwar noch nicht mit Tino gesprochen, aber ich werde es tun, sobald sich eine gute Gelegenheit dazu ergibt.“

Versonnen beförderte Tessa einige Brotkrümel, die sich auf ihren Jeans breit gemacht hatten, zu Boden. „Ich – hm, du – du hast sicher bemerkt, dass zwischen Ruben und mir auch nicht mehr alles zum Besten steht.“ Sie brach ab, und der Satz blieb wie ein verwundetes Insekt in der Luft hängen.

„Hm, ja, ich habe was in der Richtung gedacht“, erwiderte Kerstin vorsichtig.

Eine lange Pause entstand. Endlich sagte Tessa stockend: „Er zieht sich einfach von mir zurück, ich weiß nicht, weshalb. Und ich bin so enttäuscht, und jetzt ist er krank, und ich weiß nicht, was ich tun soll, und ich fühle mich wertlos, richtig wertlos, wie ein Stück Pappe, das man einfach wegwirft."

„Das kann ich verstehen. Hattet ihr denn gar nie so was wie 'ne Aussprache?"

„Nein – das ist es ja eben. Er wollte nicht mehr mit mir essen gehen, einfach so, aber er hat mir keine Begründung geliefert. Ich weiß nicht, ob ein anderes Mädchen im Spiel ist. Bevor er krank wurde, habe ich ihn mal in Begleitung einer dieser Tussis aus einer der unteren Klassen gesehen, aber diese Tatsache an sich sagt ja noch nicht viel aus. Ich weiß wirklich nicht, was ich falsch gemacht habe, trotzdem glaube ich, dass die Schuld irgendwo bei mir liegt – das kann ja gar nicht anders sein."

Kerstin schüttelte vehement den Kopf. „Nein, das glaube ich nicht. In diesem Fall liegt die Schuld eindeutig nicht bei dir."

„Vielleicht war ich zu verschlossen, zu abweisend – oder vielleicht habe ich mich zu sehr an ihn geklammert", sagte Tessa mutlos.

Wieder schüttelte Kerstin den Kopf. „Nochmals nein. Ich habe euch hin und wieder beobachtet, und ich hatte immer wieder das Gefühl, dass er genau diese Eigenschaften – ich meine, deine Zurückhaltung und Reserviertheit – mag. Der Stimmungsumschwung muss sehr abrupt gekommen sein, und ich bin sicher, dass auf seiner Seite irgendwas vorgefallen sein muss."

„Aber was denn?"

„Ich weiß es auch nicht. Am besten wäre es vielleicht, wenn du mal auf ihn zugehen und ihn direkt darauf ansprechen würdest."

„Aber das kann ich nicht!", jammerte Tessa. „Das schaffe ich nie – nie – nie!"

„Und trotzdem musst du es irgendwann tun. Wenn

er nicht genug Mumm dazu hat, dann musst du es tun, sonst wirst du dein Leben lang einen schalen Nachgeschmack mit dir herumschleppen."

„Ich weiß es nicht." Tessa wirkte alles andere als überzeugt.

„Doch. Glaub mir", sagte Kerstin eindringlich. „Ich spreche aus Erfahrung." Ein schmerzlicher Zug huschte über ihr Gesicht, dann schüttelte sie vehement den Kopf. „Versuchs einfach. Und denk daran, du bist wertvoll, Tess, selbst wenn sich Ruben jetzt von dir zurückzieht oder eure Freundschaft definitiv in die Brüche gehen sollte! Du bist wertvoll, weil Gott dich liebt, so wie du bist, mit allen deinen Stärken und Schwächen!"

Tessas leuchtend blaue Augen verdunkelten sich. „Komm mir bloß nicht mit diesem Schwachsinn", knurrte sie. „Du bist wertvoll, du bist wertvoll – dieser Satz bringt mich langsam auf die Palme! Ich kann meine Empfindungen nicht einfach über Nacht umpolen, und ich kann auch nichts dafür, wenn ich mich wertlos fühle oder mich im Loch befinde."

„Es ist aber die einzige Lösung", beharrte Kerstin, „freue dich an Gottes Liebe, freue dich darüber, dass sie fest, stabil und unveränderlich ist. Dann siehst du alles plötzlich mit anderen Augen – deine Wertmaßstäbe verändern sich. Du –" Unvermittelt schlug sie sich mit der Hand auf den Mund. „Ach du Schreck! Jetzt habe ich doch tatsächlich vergessen, dass ich mein Kurzreferat in Bio nochmals ein wenig überarbeiten wollte, bevor ich es heute Nachmittag der Klasse vorstelle. Es tut mir Leid, ich muss dringend los."

Hastig raffte sie die Überreste ihres Mittagessens zusammen und sprang auf. „Wir müssen unser Gespräch unbedingt bald fortsetzen – es ist unheimlich wichtig, dass du in dieser Sache die richtige Sichtweise kriegst!“ Mit einem entschuldigenden Lächeln auf ihrem ebenmäßigen Gesicht eilte sie davon.

Tessa blieb sitzen. Trotzig schlug sie die Beine übereinander und starrte blicklos vor sich hin. Kerstin hatte Recht, das musste sie sich zähneknirschend eingestehen. Doch bei ihr lag der Fall anders. Sie konnte sich doch nicht einfach plötzlich wertvoll fühlen, nur weil alle ihr das eintrichtern wollten.

Du brauchst keinen Freund – Gott liebt dich – du bist wertvoll – wertvoll – wertvoll, klang eine Stimme in ihr. Mit einem ärgerlichen Auflachen blickte sie sich um. Sie musste sich irgendwie ablenken, sonst würde sie noch durchdrehen.

Auf dem Schulgelände befanden sich erstaunlich wenig Schüler. Wahrscheinlich war es den meisten draußen noch zu frisch. Einige Unverdrossene lümmelten sich auf dem gepflasterten Vorplatz vor dem Schulhauseingang, andere hatten sich auf den Sitzbänken im Park niedergelassen.

Plötzlich hatte Tessa das ungemütliche Gefühl, dass sie beobachtet wurde. Sie schaute sich um. Auf der anderen Seite des Parks hockte eine Schülergruppe auf dem Boden und diskutierte lautstark. Nur ein Junge schien nicht ganz bei der Sache zu sein. Er trug eine schwarze Schirmmütze mit der Aufschrift *JOOP!*, hatte den Kopf auf die Hände gestützt und starrte unentwegt in ihre Richtung. Als er sah, dass sie ihn erblickt hatte, ging ein verlegenes Lächeln über sein Gesicht. Langsam stand er auf und schlenderte mit ungelenken Schritten auf sie zu.

Einen kurzen Augenblick lang war Tessa versucht, aufzustehen und sich davonzumachen. Eine Diskussion mit Domian hatte ihr gerade noch gefehlt. Doch dann wurde ihr schlagartig klar, dass sie ihm nicht ewig aus dem Weg gehen konnte. Seit sie ihm geschrieben hatte, dass sie definitiv nichts mit ihm zu tun haben wollte, war sie ihm ausgewichen, wo sie nur konnte. Sie hatte alles unternommen, um ihm ja nicht zu begegnen. Aber irgendwann musste sich ihr Umgang wieder normalisieren – und das konnte wahrscheinlich nur durch ein offenes Gespräch bewerkstelligt werden.

„Hallo. Darf ich mich kurz zu dir setzen?" Domians Stimme klang dünn und sehr unsicher.

Tessa nickte zögernd. Erstaunt registrierte sie, dass er sie nicht *Küken* genannt hatte, wie er dies sonst jeweils tat. Er wirkte auch nicht im Mindesten arrogant, im Gegenteil, sein ganzer Ausdruck drückte Verletzlichkeit und Empfindsamkeit aus.

„Ich – wollte einfach gern mal mit dir reden." Verlegen zupfte er an dem breiten silbernen Clip, der am oberen Rand seines linken Ohrs steckte.

„Ja?" Tessa schluckte hart, um den Kloß, der sich plötzlich in ihrem Hals gebildet hatte, wieder loszuwerden.

„Ich – rechne es dir hoch an, dass du meine Mails ernst genommen hast und nicht einfach ein Spiel mit mir spielen wolltest. Und trotzdem finde ich es schade, dass wir uns jetzt wie zwei völlig Fremde aus dem Weg gehen. Ich meine, wir könnten ja einfach gute Kollegen sein, die sich nett grüßen und hin und wieder auch mal miteinander plaudern, oder?"

„Ja, können wir schon", stotterte Tessa, „aber ich verstehe nicht, weshalb dir so daran gelegen ist. Ich – ich bin doch nichts. Ich bin weder amüsant noch besonders redegewandt und schon gar nicht unterhaltsam."

Domian starrte sie mit großen Augen an. „Aber hallo, was ist denn in dich gefahren? Du kennst wohl deinen Wert nicht? Gerade deine Distanziertheit macht dich megaattraktiv, weil man spürt, dass sich dahinter Leben und Emotionen verbergen. Du bist nicht nichts, im Gegenteil, du bist unheimlich wertvoll."

„Du bist wertvoll, weil Gott dich liebt." Tessa zuckte beim Klang ihrer Stimme zusammen. Die Worte waren ihr beim Stichwort *wertvoll* einfach so herausgerutscht, gedankenlos und ohne wirklichen Zusammenhang.

„Hm, wie bitte?", fragte Domian höflich.

Tessa spürte, wie ihr das Blut in den Kopf stieg. Mit einem verlegenen Lachen winkte sie ab. „Sorry, meine Gedanken haben plötzlich Flügel gekriegt und sind aus meinem Kopf ins Freie geschwebt. Vergiss es, es ist nicht wichtig."

„Oh, doch, mich interessiert alles, was dich beschäftigt, Küken. Also, wie ist das mit Gott und sich wertvoll fühlen?"

„Hm, also, das – das war das Thema unseres letzten Bibelgruppen-Meetings. Pedro, der Leiter der Bibelgruppe, hat gesagt, dass ein Mensch nicht wertvoll ist, weil er beliebt ist oder einen super Job hat oder einer megacoolen Clique angehört, sondern weil Gott ihn liebt. Wenn wir diese Tatsache verinnerlichen können, dann erst kriegen wir das richtige Selbstbewusstsein."

„Und – hast du dieses Selbstbewusstsein?"

Tessa schüttelte den Kopf. „Eben nicht. Ich weiß zwar, dass Gott mich liebt, aber dieses Wissen steckt nur in meinem Kopf. Ich – habe gerade eine herbe Enttäuschung mit einem – guten Freund erlebt, und jetzt merke ich, dass ich mein Selbstwertgefühl auf einen völlig falschen Grund gebaut habe. Ich fühle mich wertlos und –"

Erschreckt schlug sie sich mit der Hand auf den Mund. Was war bloß in sie gefahren? Jetzt saß sie doch neben einem Jungen, der ihr bisher nicht nur gleichgültig, sondern auch ziemlich unsympathisch gewesen war, und offenbarte ihm Dinge, die sie kaum ihrer besten Freundin anvertraut hätte.

Ihr Blick irrte von Domians nachlässiger Kleidung zu den leicht fettigen Haarsträhnen, die unter seiner Mütze hervorguckten. Kein besonders attraktiver Anblick, und dennoch hatte er etwas Vertrauen Erweckendes an sich. Seine hellbraunen Augen blickten ernst und aufrichtig und kein bisschen spöttisch.

„Dieses Gefühl kenne ich", sagte er nachdenklich. „Es ist hässlich und destruktiv, wenn man sich minderwertig fühlt. Aber dieser Aspekt mit Gott, den du da hineinbringst, der ist völlig neuartig für mich. Ein echt interessanter Gedanke. Vielleicht würde es sich lohnen, sich ausführlicher damit zu befassen. Diese Bibelgruppe, gehst du da regelmäßig hin? Und ist die öffentlich? Ich meine, könnte ich da auch mal aufkreuzen?"

„Klar, ist kein Problem. Das Meeting findet immer am Mittwoch über Mittag statt."

„Okay, ich werde darüber nachdenken. Und ich würde mich freuen, wenn wir einfach gute Freunde sein könnten, die hin und wieder ihre Gedanken miteinander teilen, so wie wir das gerade gemacht haben."

„Kollegen", korrigierte ihn Tessa, „höchstens Kollegen. Das Wort *Freund* kann ich im Moment nicht mehr hören. Und was das Gedanken-miteinanderteilen betrifft, so mach dir bitte nicht allzu große Hoffnungen. Ich möchte keine regelmäßigen Treffen – wenn es sich mal spontan ergibt, so wie heute, dann ist es meinetwegen okay."

Domian strahlte. „Das ist ein Wort, Küken, davon werde ich mein Leben lang zehren können!"

„Und nenn mich bitte nicht *Küken*", fauchte Tessa, „sonst habe ich das letzte Mal mit dir gesprochen!"

„Okay, okay, sorry, wird nicht wieder vorkommen." Er hob beschwichtigend seine Hände. „Das ist mir jetzt wirklich einfach so rausgerutscht."

Das entfernte Klingeln der Schulglocke machte ihrem Gespräch ein abruptes Ende. Tessa murmelte ein verlegenes „Tschüss", dann erhob sie sich hastig und eilte davon. Im Schulzimmer angekommen, musste sie zuerst ordentlich verschnaufen. Ihr Herz klopfte zum Zerspringen – und das nicht nur wegen des schnellen Laufs.

„He, Tess, was ist denn mit dir los?", lachte Irmela gutmütig. „Du scheinst so atemlos, deine Augen strahlen – bist du etwa in der Mittagspause deinem Traumprinzen begegnet?"

„Kaum lasse ich sie mal einen kurzen Augenblick ohne Aufsicht, stellt sie bestimmt irgendwas an!", frotzelte nun auch Kerstin.

„Also, hm, das, nein ..." Tessa zog den Kopf ein und tauchte in die geschützte Sicherheitszone unter der Tischplatte ab, wo sie in ihrer Schultasche zu wühlen begann. Langsam kramte sie ihr Literaturgeschichte-Lexikon hervor, dann warf sie einen eher zufälligen Blick auf das Display ihres Handys. Ah, sie hatte eine neue Kurzmitteilung erhalten!

Mit einer hastigen Bewegung zog sie das altertümliche Teil aus der Tasche. Den Kopf immer noch unter der Tischplatte, begann sie zu lesen.

Hochbris news i fl j.h.
Ncht tel bespr. Tr di,
18.00,homb. Bin i momt i
genf (gr turn). Lg K

Ruckartig tauchte Tessa wieder in die Oberwelt auf und hielt Kerstin, die immer noch mit Irmela zusammen lachte, ihr Handy unter die Nase.

„Hier, schnell, lies mal, was Karin mir gerade geschrieben hat!"

Kerstin klickte sich durch die Mitteilung, und ihre Augen wurden immer größer.

11

„Hochbrisante News im Fall Jana Hoffmann!", japste Kerstin.

„So brisant, dass sie sie uns nicht telefonisch mitteilen kann, sondern sich mit uns treffen möchte." Tessa griff nach ihrem Handy, das Kerstin vor sich auf den Tisch gelegt hatte, und las die Kurznachricht nochmals sorgfältig durch. „Schade, dass sie heute an diesem Turnier in Genf ist und das Treffen erst morgen stattfinden kann. Ich werde sterben vor Neugier!"

„Ich auch. Du, warte mal – morgen, hast du gesagt? Wann genau?"

„Um 18.00 Uhr auf dem *Homberg*. Wieso, hast du dann schon was vor?"

„Und ob sie was vorhat", ertönte plötzlich Tinos spöttische Stimme neben ihnen, „sie hat sich nämlich mit mir verabredet." Er lächelte selbstgefällig. „Sie weiß eben ihre Prioritäten richtig zu setzen, nicht wahr, Baby?"

Kerstin verzog angewidert den Mund, doch Tino schien das nicht im Geringsten zu stören. Mit einem süffisanten Grinsen wandte er sich an Tessa.

„Ich kenne da welche, die scheinen im Moment ihre Prioritäten, rein subjektiv gesehen, nicht ganz so glücklich zu setzen – liege ich da richtig??"

„Ich weiß nicht, wovon du sprichst", erwiderte Tessa kühl.

„Na, ich habe so das Gefühl, als hätte sich dein Boy schon längere Zeit nicht mehr blicken lassen. Vielleicht ist er ja einfach zu beschäftigt oder vielleicht ist er krank oder vielleicht – aber nein, nur schon die bloße Vermutung ist abwegig. Ich meine, er ist ja bestimmt nicht der Typ, der so schnell das Interesse an einem attraktiven Mädchen verlieren könnte, oder?"

Tessa lief rot an. In ihrem Gesicht kämpften Scham, Zorn und Verlegenheit. Obwohl Tinos Stimme glatt und freundlich geklungen hatte, hatte sie das böse Glitzern in seinen Augen sofort bemerkt. Er hasste sie also noch immer. Mit heimtückischer Präzision hatte er auf eine Gelegenheit gewartet, um ihr die Schmach, die Ruben ihm damals zugefügt hatte, heimzuzahlen.

Schweigend wandte sie sich ab.

„Na, sag doch was, oder ist dir die Spucke weggeblieben?"

„Du bist ein Ekel, Tino, ein garstiges, widerliches Ekel", knirschte Kerstin. Sie ballte die Hand zur Faust, als wollte sie ihm am liebsten eine kleben. „Und nur damit du's weißt, ich –"

Sie wurde von Frau Dr. Müller-Roth unterbrochen, die mit elastischen Schritten das Schulzimmer betrat und alle an ihre Plätze scheuchte. Der Unterricht begann.

Mit verbissener Konzentration vertiefte sich Tessa in den Unterrichtsstoff. So gelang es ihr, alle Gedanken an die brennende Wunde, die durch Tinos gehässige Worte wieder aufgebrochen war, erfolgreich zu verdrängen. Gleichmütig ließ sie Kerstins Trostversuche an sich abprallen. Selbst deren Versicherung, Tino bei ihrer Verabredung am nächsten Tag so richtig brutal ins Messer laufen zu lassen – sie hatte ursprünglich geplant, sachte und schonungsvoll mit ihm Schluss zu machen –, ließ Tessa kalt.

Nach der Schule schwang sie sich auf ihr Fahrrad und trat mit voller Kraft in die Pedale. Ein kühler

Nordwind wehte ihr entgegen, doch sie trotzte ihm mit zusammengebissenen Zähnen. Ausgelaugt und völlig erschöpft kam sie eine knappe halbe Stunde später beim *Katzenhof* an. Ihr Atem ging in kurzen Stößen, ihre Beine fühlten sich an wie bröckelnder Gummi, ihr Herz hämmerte in einem wilden, pulsierenden Stakkato.

Nach Luft ringend stützte sie sich auf ihr Rad, während das schwere Eisentor langsam zur Seite glitt. Sie atmete tief durch, dann schob sie das Fahrrad mit kleinen, taumelnden Schritten in den Hof. Und dann, mit einem Mal, wurden ihr zwei Dinge fast gleichzeitig bewusst.

Zum einen erinnerte sie sich schlagartig an die halsbrecherische Szene mit Arabella und Mikey, die sich vor genau einer Woche hier auf dem Hof abgespielt hatte. Sie erinnerte sich an ihre lähmende Angst, an Mikeys Sturz, an Arabellas Hufe dicht neben seinem Kopf, an seine Dankbarkeit, seine Blumen und ihre wütende, ungerechte Reaktion. Sie war so enttäuscht gewesen, dass sie ihm noch nicht einmal für sein Geschenk gedankt hatte.

Zum anderen wurde ihr plötzlich bewusst, dass der bittere Stachel, der sich durch Tinos giftige Worte in ihr Inneres gebohrt hatte, weg war. Sie fühlte nichts als eine wohltuende Leere. Ob dies ein Resultat ihrer fieberhaft-wilden Fahrt war? Vielleicht hatte sie die hässlichen, nagenden Gefühle einfach herausgeschwitzt, so wie sich der Körper im Fieberkrampf gegen widerliche kleine Viren und Bakterien wehrt.

Du bist wertvoll, weil Gott dich liebt. Wie eine wunderschöne Melodie tauchten die Worte mit einem Mal aus irgendeiner verborgenen Region ihres Unterbewusstseins auf. Es waren genau die Worte, die ihr während des Gesprächs mit Domian fast unbewusst über die Lippen geglitten waren.

Sie lächelte zaghaft. Nicht ihr verbissener Wettkampf mit der eigenen Körperkraft hatte dieses Gefühl der Zufriedenheit ausgelöst, sondern Pedros Worte, die endlich bis zu ihrem Inneren durchgedrungen waren. Sie war wertvoll, egal, ob sie einen Freund hatte oder solo war. Diese Erkenntnis war überwältigend. Zum ersten Mal in ihrem Leben fühlte sie sich als Person so richtig akzeptiert, ohne dass damit irgendwelche Ansprüche oder Bedingungen verbunden gewesen wären. Gott liebte sie genau so wie sie war, mit all ihren Fehlern und Schwächen. Was Ruben dachte oder tat, war plötzlich gar nicht mehr so wichtig.

Ihr Lächeln verwandelte sich in ein schiefes Grinsen. Sollte er ihr doch gestohlen bleiben! Nein, das wäre zu einfach. Kerstin hatte Recht: Nur eine offene Aussprache konnte die Dinge wieder ins Lot bringen, sei es auf die eine oder auf die andere Seite. Sobald er wieder in der Schule war, würde sie ihn stellen. Und dann würde er sein blaues Wunder erleben. Sie lächelte grimmig. So leicht würde sie sich nämlich nicht abspeisen lassen. Sie wollte eine logische Begründung für sein Verhalten, und sie würde nicht locker lassen, bis er ihr diese Begründung geliefert hatte. Dann konnten sie entweder einen sauberen Schlussstrich ziehen oder nochmals neu beginnen.

Beschwingt ging sie zum Stall, um Arabella zu satteln. Doch die große Box in der Ecke war leer. Mit großen Schritten eilte sie wieder in den Hof. Hoffentlich war Mikey nicht auf die Idee gekommen, seine Scharte von letzter Woche auszuwetzen und einen nochmaligen Versuch mit Arabella zu wagen. Hastig ließ sie einen lauten, durchdringenden Pfiff hören.

Ein weit entferntes Wiehern antwortete ihr. Kurz darauf ertönte Hufschlag, zuerst leise, dann immer lauter. Ein schlanker, silbergrauer Pferdekörper wurde sichtbar. Das Bild hätte fast aus einer Marlboro-Werbung stammen können. Arabella in vollem Galopp, während sich ihre Silhouette mit dem stolz zurückgeworfenen Kopf und der wehenden Silbermähne messerscharf vor dem klaren Abendhimmel abzeichnete.

Tessas Herz machte einen Sprung. Das war ihr Pferd, das herrlichste Traumpferd, das man sich überhaupt vorstellen konnte. Es war so wild wie ein freier Präriemustang und doch zärtlich und anschmiegsam wie ein kleines Kätzchen.

Eine unbändige Lebensfreude ergriff sie. Kaum hatte Arabella sie erreicht, schwang sie sich mit einem Riesensprung auf ihren Rücken. Ungestüm schlang sie die Arme um ihren schlanken, wohl geformten Hals und drückte das Gesicht in die seidige Mähne.

„Arabella!“, flüsterte sie leise in ihr Ohr. „Ich bin so glücklich! Ich habe herausgefunden, dass ich wertvoll bin, gerade so, wie ich bin. Dass Gott mich liebt, und dass mir diese Liebe genügt. Dass es gar nicht mehr sooo unheimlich wichtig ist, ob ich nun einen Freund habe oder nicht. Und zudem besitze ich das prächtigste Pferd der ganzen Welt. Wie könnte ich da noch unzufrieden sein??“

Übermütig drückte sie der grauen Araberstute die Beine in die Flanken und preschte los, hinaus auf die Koppel. Dort, wo der Zaun am niedrigsten war, lösten sich Arabellas Hufe wie von selbst vom Boden. Mit einem mächtigen Satz setzte sie über die

Einfriedung hinweg. In halsbrecherischem Galopp stürmte sie aufs offene Feld hinaus.

Mit halb geschlossenen Augen überließ sich Tessa dem wilden Rhythmus des dahingaloppierenden Pferdes. Sie spürte das Feuer, das in Arabella brannte, den unerschöpflichen Vorrat an Kraft, Schwung, Temperament und Energie. Ganz kurz dachte sie an Jana und die rätselhafte SMS, die sie von Karin erhalten hatte. Mit einem heftigen Kopfschütteln verscheuchte sie den Gedanken wieder. Das war im Moment alles nicht so wichtig. Wichtig war nur, dass sie diesen Ritt bis ins Letzte auskostete ...

* * *

„Hast du eine Ahnung, wo Katrina stecken könnte?" Frau Caprez' Stimme klang besorgt, ihre Augen waren vor Müdigkeit und Erschöpfung rot gerändert.

Tessa, die soeben von ihrem langen Ritt nach Hause gekommen war, schüttelte den Kopf. „Nein, da bin ich völlig ahnungslos", meinte sie bedauernd, „wann hättest du sie denn erwartet?"

„So zwischen fünf und sechs, direkt nach der Schule. Jetzt ist es schon halb zehn, und sie ist immer noch nicht hier. Ihr Handy hat sie auch ausgeschaltet – ich habe nicht die geringste Möglichkeit, sie zu erreichen."

„Na, komm, mach dir keine Sorgen." Tessa legte tröstend den Arm um die schmalen Schultern ihrer Mutter. „Bestimmt ist sie zu einer Freundin gegangen oder steckt sonst irgendwo. Es ist ja nicht das erste Mal, dass sie spät nach Hause kommt. Vielleicht übernachtet sie bei jemandem aus ihrer Clique und kreuzt morgen putzmunter hier wieder auf. Geh du nur ruhig zu Bett, ich werde hier noch ein wenig die Stellung halten."

„Meinst du?“ Frau Caprez gähnte ausgiebig. „Ich bin zum Umfallen müde und wäre tatsächlich froh, wenn ich zu Bett gehen könnte. Macht es dir auch wirklich nichts aus, noch ein wenig zu warten?“

„Nein, das ist echt kein Problem. Ich muss eh noch meine Hausaufgaben erledigen. Wenn Katrina bis elf noch nicht hier ist, werde ich mal ihre beste Freundin anrufen, falls ich die Handynummer finde.“

„Würdest du das wirklich tun? Ach, ich bin ja so froh, dass ich dich habe!“ Frau Caprez umarmte Tessa kurz und gab ihr einen Kuss auf die Wange. „Gute Nacht und danke vielmals.“

„Schlaf gut, Mama, und mach dir keine Sorgen. Gott wacht über uns. Du wirst sehen, alles wird gut.“

Ganz so zuversichtlich wie ihre Worte klangen, war es Tessa nicht zumute. Katrina steckte noch immer in einer sehr schwierigen Lebensphase. Sie hatte keinen Boden unter den Füßen, und die Clique, der sie sich in der Schule angeschlossen hatte, war nicht gerade der beste Umgang für sie. Die meisten rauchten, einige tranken regelmäßig Alkohol und nahmen hin und wieder Partydrogen zu sich.

Gedankenversunken ging Tessa in ihr Zimmer. Hoffentlich hatte ihre Schwester sich nicht zu irgendetwas verleiten lassen, das sie hinterher bereuen würde. Spontan faltete sie die Hände und bat Jesus, Katrina zu beschützen und sie sicher nach Hause zu bringen. Nach dem Gebet war sie ruhiger. Das Glücksgefühl, das sie während des Ritts auf Arabella verspürt hatte, war zwar nicht mehr so intensiv – aber es war immer noch da. Das Bewusstsein, dass Jesus sie liebte, gab ihr eine tiefe innere Gelassenheit.

Die Hausaufgaben waren bald erledigt. Sie hörte noch ein wenig Musik, las einen Abschnitt in der

Bibel und machte sich dann zum Schlafengehen bereit. Als sie aus dem Badezimmer trat, fiel ihr Blick auf die große Wanduhr in der Küche. Fünf nach elf. Und von Katrina keine Spur. Vielleicht war es wirklich das Beste, Katrinas Freundin anzurufen. Wenn jemand wusste, wo sie steckte, dann sie.

Tessa ging in ihr Zimmer und wühlte das Handy aus der Schultasche. Wenn sie Glück hatte, war die Nummer dort gespeichert. Tatsächlich! Ein leichtes Lächeln umspielte ihre Lippen. Wenn nur der Rest ebenso problemlos klappte! Leichtfüßig eilte sie in den Flur, wo das Telefon stand. Zuerst wählte sie Katrinas Handynummer. Sie ließ es unzählige Male klingeln, doch niemand antwortete. Dann versuchte sie es mit der Nummer ihrer Freundin. Auch hier ließ sie es über eine Minute lang klingen – umsonst. Weder Katrina noch ihre Freundin waren erreichbar.

Müde ging sie in ihr Zimmer zurück. Bevor sie ins Bett schlüpfte, betete sie nochmals intensiv für ihre Schwester. Dann zog sie die Decke bis zum Kinn und war bald darauf eingeschlafen.

Plötzlich schreckte sie aus dem Schlaf hoch. Die leuchtend rote Anzeige ihres digitalen Radioweckers zeigte auf 1.47 Uhr. Verwirrt horchte sie in die Dunkelheit. Was war das? Es hörte sich an wie dumpfes Poltern, dazwischen eine lautstark fluchende Stimme.

„Macht doch endlich auf, ihr – ihr Miststücke!"

Mit einem Schlag war Tessa hellwach. Das war keine diffuse Traumstimme, nein, diese etwas schleppende, leicht lallende Stimme gehörte zu – Katrina!

Reflexartig hechtete Tessa aus dem Bett. Auf dem Flur prallte sie fast mit ihrer Mutter zusammen, die schlaftrunken aus ihrem Zimmer getaumelt kam. Das Poltern an der Wohnungstür hielt immer noch an.

Mit fliegenden Fingern drehte Tessa den Schlüssel im Schloss und öffnete die Tür.

„Was –“, die Frage erstarb ihr auf den Lippen, als sie ihre Schwester erblickte. Katrinas Haare standen wie hölzerne Borsten vom Kopf ab, ihr Gesicht war gerötet, die Augen blutunterlaufen, und ihr Atem roch penetrant nach Alkohol.

„Was glotzt ihr mich so blöde an, hm?“, schrie sie unbeherrscht. Rücksichtslos drängte sie Tessa und ihre Mutter zur Seite und stampfte in die Wohnung.

„Katrina, du – du bist ja –“, stammelte Frau Caprez hilflos.

„Ja, klar bin ich!“, höhnte Katrina. Ihre Sprache klang ein wenig verwaschen, wie wenn ihre Zunge am Gaumen festgeklebt wäre. „Und es ist megacool, sag ich dir! Du hast doch nicht etwa irgendwas dagegen, oder??“

Mit drohend in die Seite gestemmten Armen stellte sie sich vor ihre Mutter.

„Nein, nein“, sagte Frau Caprez leise, „es ist nur ...“

„Was nur?“, geiferte Katrina. „Dass ich nicht so lammfromm bin wie meine heilige Schwester hier? Ich sag dir mal was – ich finds einfach zum Kotzen hier. Immer ist sie die Brave und ich bin nichts wert. Ich hab dieses Getue so was von satt! Verprügeln sollte man euch, alle beide! Vater hatte schon Recht – nur mit Prügeln kann man jemandem Respekt beibringen!“

„Katrina, bitte!“, schaltete sich Tessa ein.

„Ruhe!! Dich habe ich gar nicht gefragt! Du wirst jetzt zusehen, wie ich Mutter hier ein wenig Anstand eintrichtere – wie in den guten alten Zeiten!“ Und schon holte Katrina mit dem rechten Arm zu einem wuchtigen Schlag aus.

Einen kurzen Moment lang war Tessa wie gelähmt.

In rasender Geschwindigkeit zogen verschiedene glasklare Erinnerungssequenzen vor ihrem inneren Auge vorüber. Ihr Vater, wie er betrunken durch die Wohnung taumelte. Ihr Vater, wie er wütend auf ihre Mutter einschlug. Katrina, die weinend und mit weit aufgerissenen Augen daneben stand.

Für den Bruchteil einer Sekunde war sie versucht, einfach fluchtartig das Weite zu suchen, reflexartig zu türmen. *Nur weg aus der Gefahrenzone!,* schrie alles in ihr. Plötzlich jedoch fiel ihr ein, dass alle jene bösen Erinnerungen keine Macht mehr über sie besaßen. Sie war ein Kind Gottes, und Gott würde ihr auch in dieser Horrorsituation beistehen. Zudem hatte sie im Selbstverteidigungstraining einige wirksame Techniken gelernt, um Angreifer irgendwelcher Art erfolgreich abzuwehren.

Seit Katrinas wütendem Ausbruch war höchstens eine Viertelsekunde verstrichen. Ihre Hand war noch immer zum Schlag erhoben – die geballte Faust befand sich direkt in Frau Caprez' Kopfhöhe.

Mit einem Schrei schob Tessa ihre Mutter, die wie zu Stein erstarrt dagestanden hatte, zur Seite und packte Katrina mit hartem Griff bei den Handgelenken. Ein stummes Ringen begann. Verzweifelt versuchte Katrina, die durch den Alkohol plötzlich Riesenkräfte hatte, sich aus dem Griff ihrer Schwester zu befreien.

Tessa spürte, dass sie ihre Schwester nicht mehr lange würde halten können. Fast unmerklich brachte sie ihre Füße in die richtige Position, um Katrina mit einem gezielten Knieschlag gegen den Solarplexus außer Gefecht zu setzen.

Sie wollte gerade zum Stoß ausholen, als sie mit einem Mal fühlte, wie der Widerstand ihrer Schwester erlahmte.

„Mir ist schlecht!“ Katrina stöhnte laut, während sie wie ein zusammenklappbares Taschenmesser langsam in die Knie sank.

Tessa und Frau Caprez reagierten umgehend. Mit vereinten Kräften schleppten sie Katrina ins Bad. Es war keinen Augenblick zu früh. Wie ein Häufchen Elend hockte sie vor der WC-Schüssel und übergab sich. Sie würgte und japste, während ihr Magen das geschluckte Gift schwallweise ausspuckte.

„Ich bin ja so schlecht – es tut mir Leid!“, heulte sie zwischendurch, wenn gerade eine Pause eintrat. „Ich wollte das gar nicht. Hab mich nur ein wenig amüsiert und ein wenig Tequila getrunken. Ehrlich!“

„Ist schon gut.“ Frau Caprez wischte ihr mit einem feuchten Tuch über das verschwitzte Gesicht. „Jetzt gehst du erst mal zu Bett und schläfst dich aus. Morgen schauen wir weiter.“

Zehn Minuten später war es in der Wohnung wieder so ruhig, als ob immer alles in bester Ordnung gewesen wäre. Katrina schlief ihren Rausch aus, Frau Caprez hatte sich ermattet in ihr Zimmer zurückgezogen, und Tessa befand sich ebenfalls wieder in ihrem Zimmer. Obwohl sie total geschafft war, spürte sie, dass für den Rest der Nacht nicht mehr groß an Schlaf zu denken war. Zu viel war auf sie eingestürmt, zu viele beklemmende Gedanken beschäftigten sie.

Würde Katrina von nun an öfter betrunken nach Hause kommen? Begann alles wieder von vorne? Die ganze schreckliche Zeit, die sie mit ihrem Vater durchgemacht hatten – war das gar nicht abgeschlossene Vergangenheit, sondern düstere Zukunftsmusik?

Unruhig ging sie im Zimmer hin und her.

Hatte sie vielleicht bei Katrina etwas versäumt? In

der letzten Zeit, seitdem ihre Freundschaft mit Ruben nicht mehr nach Wunsch lief, war sie ihr aus dem Weg gegangen, wo sie nur konnte. Sie hatte nicht die Kraft besessen, sich mit ihr und ihren Problemen zu beschäftigen. Andererseits war Katrina so sehr verschlossen, dass sie sich wahrscheinlich auch dann nicht an sie gewandt hätte, wenn sie ihre Nähe mehr gesucht hätte.

Wie konnte sie bloß den Zugang zu ihrer Schwester finden? Sollte sie sich vielleicht mal zum Reiten einladen? Vielleicht könnte sie ihr ja anbieten, mal einen Ritt auf Arabella zu unternehmen.

Tessa drehte noch einige Runden im Zimmer, bis sie sich einigermaßen müde fühlte, dann legte sie sich ins Bett. Aber der Schlaf kam nicht. Nervös wälzte sie sich von einer Seite auf die andere. Endlich fiel sie in einen oberflächlichen Halbschlaf, der jedoch von hektischen, unruhigen Träumen erfüllt war.

Als der Wecker sie um Viertel vor sieben aus diesem seltsamen Zustand herausriss, kam sie sich vor wie gerädert. Mit einer müden Bewegung angelte sie nach ihrer Bibel. Der Abschnitt, den sie las, handelte von den verzagten Jüngern, die sich nach dem Tod von Jesus in einen kleinen Saal zurückgezogen hatten und hinter verschlossenen Türen ängstlich in eine düstere Zukunft blickten. Doch dann kam Jesus, der auferstandene Herr, mitten durch die verschlossene Tür, und gab ihrem Leben eine völlig neue Perspektive. Die ängstlichen, verzagten, mutlosen Jünger wurden von übersprudelnder Freude erfüllt.

Tessa lächelte. Ging es ihr nicht ebenso wie den Jüngern? Wenn sie in ihr eigenes Herz blickte, fand sich dort eine ganze Farbpalette negativer Gefühle – Zukunftsangst, Kleinglaube, Mutlosigkeit, Zweifel und Pessimismus. Aber wenn sie auf Jesus blickte und ihm ihr Herz weit öffnete, mussten alle negativen Gefühle einer großen, tiefen Freude weichen.

Sorgfältig klappte sie die Bibel zu und dankte Gott in einem kurzen Gebet für die neue Perspektive, die er ihr gegeben hatte. Eine fröhliche Melodie summend, ging sie durch den Flur Richtung Küche, um sich ein kleines Frühstück zuzubereiten. Plötzlich jedoch hielt sie abrupt inne. Aus Katrinas Zimmer drang leises Stöhnen. Unschlüssig betrachtete sie die Türklinke. Sollte sie eintreten oder nicht? Als das Stöhnen lauter wurde, warf sie alle Bedenken über Bord. Leise öffnete sie die Tür.

Katrina lag regungslos im Bett. Ihre Augen waren geschlossen, die blutleeren Lippen fest zusammengepresst. Ihre Hände krampften sich um die Bettdecke, als ob sie Angst hätte, dass sie ihr plötzlich davonfliegen würde.

„Katrina?“, flüsterte Tessa. „Bist du okay?“

Verwirrt schlug Katrina die Augen auf. „Ich habe solche Kopfschmerzen“, stöhnte sie, „und ich komme einfach nicht aus dem Bett raus. Kaum will ich mich aufsetzen, dreht sich alles um mich herum.“

„Ich hole dir eine Aspirin – bleib ruhig liegen, ich bin gleich wieder da.“

Mit großen Schritten eilte Tessa zum Medikamentenschrank und kam bald darauf mit zwei Aspirintabletten und einem Glas Wasser zurück. Vorsichtig hievte sie Katrina in eine sitzende Stellung und flößte ihr das im Wasser aufgelöste Medikament ein. Dann half sie ihr, sich wieder hinzulegen.

„Danke“, ächzte Katrina heiser.

„Schon gut.“ Tessa setzte sich auf die Bettkante und blickte ihre Schwester unsicher an. „Vielleicht ist jetzt nicht gerade der ideale Zeitpunkt zum Fragen“, begann sie übergangslos, während sie verlegen ihre

Hände knetete, „aber hättest du Lust, mal auf Arabella auszureiten?"

„Ach, lass mich doch in Ruhe mit deinem Pferdezeugs", knirschte Katrina, „siehst du nicht, dass ich irre Kopfschmerzen habe?"

„Sorry, es tut mir Leid." Traurig blickte Tessa zu Boden.

Eine längere Pause entstand.

„Arabella?", fragte Katrina unvermittelt und richtete sich ein wenig auf. „Hast du wirklich Arabella gesagt?"

„Ja, natürlich."

„Aber, ich meine, sie lässt doch außer dir niemanden an sich ran, wie soll ich dann auf ihr reiten?"

„Ach, das lässt sich schon irgendwie bewerkstelligen. Wenn sie merkt, dass wir zusammengehören, ist sie bestimmt lammfromm."

„Auf Arabella reiten." Katrina lächelte verträumt. Plötzlich jedoch wich das Lächeln einer schmerzverzerrten Grimasse. Mit einem leisen Aufschrei ließ sie sich auf das Kissen zurückfallen. „Ah, mein Kopf", stöhnte sie. „Ich – am besten lässt du mich jetzt einfach in Ruhe, okay? Wenn es mir besser geht, werde ich über dein Angebot nachdenken."

„Geht in Ordnung." Tessa strich ihrer Schwester kurz durch das zerzauste Haar und verließ dann das Zimmer, um sich für die Schule bereitzumachen.

* * *

„Ich bin echt gespannt auf die News, die Karin für uns hat." Kerstin trommelte ungeduldig mit den Fäusten auf die Tischplatte. Die Schulglocke hatte soeben das Ende eines ereignislosen Schultags angekündigt. „Zu dumm, dass ich nicht dabei sein kann", fuhr sie mit gerunzelter Stirn fort, „aber ich muss unbedingt diese unangenehme Verabredung hinter mich bringen.“ Ihre Stimme sank zu einem Flüstern. „Ich wollte, ich hätte mich früher dazu durchgerungen, mit Tino Schluss zu machen, dann könnte ich dich jetzt begleiten …“

„Ich werde dich auf dem Laufenden halten“, tröstete sie Tessa. „Wenn die Zeit reicht, werde ich mich heute Abend noch bei dir melden, sonst spätestens morgen früh. Aber nun muss ich los, ich möchte Karin nicht gern warten lassen.“ Mit einem aufmunternden Lächeln verabschiedete sie sich von Kerstin und eilte zu ihrem Rad.

Sie fuhr zuerst zum *Katzenhof.* Nachdem sie Arabella gesattelt und ihre Box ausgemistet hatte, ritt sie auf direktem Weg zum *Homberg*, wo sie einige Minuten vor sechs anlangte.

Karin stand beim Dressurviereck und war gerade dabei, Moskito mit einer weichen Decke trocken zu reiben. Tessa ritt geradewegs auf sie zu.

„Und, wie lauten deine Informationen?“, raunte sie halblaut, als sie auf gleicher Höhe mit ihr war.

„Peter ist tot“, antwortete Karin tonlos. „Er kam bei einem Motorradunfall ums Leben.“

12

Tessa starrte ihre Patentante fassungslos an. „Peter", stammelte sie, „wer ist Peter?"

„Na, das ist doch der Junge, der am letzten *CC Bertschikon* Zweiter nach Jana wurde."

„Tot", murmelte Tessa entsetzt.

„Ja, tot", nickte Karin, „er kam bei einem Motorradunfall ums Leben, und zwar genau am Abend nach dem Turnier."

„Weißt du Näheres über den Unfall? Ich meine, war es wirklich ein Unfall oder könnte es auch Mord oder Selbstmord gewesen sein?"

„Laut meiner Kontaktperson schließt die Polizei Mord hundertprozentig aus. Selbstmord scheint auch eher unwahrscheinlich. Peter prallte mit einem Traktor zusammen, der unvermittelt aus einer kleinen Seitenstraße in die Hauptstraße einbog. Vielleicht war er unkonzentriert oder aufgewühlt, aber er hat den Tod bestimmt nicht gesucht."

„Vielleicht war er nach dem Turnier so verzweifelt, weil er es nicht auf den ersten Platz geschafft hatte, dass ihm einfach alles völlig egal war", mutmaßte Tessa. „Er bestieg sein Motorrad und fuhr geistesabwesend irgendwohin, ohne seine Umgebung wirklich wahrzunehmen, so in einer Art Trancezustand."

„Könnte sein. Meine Kontaktperson kannte ihn nicht besonders gut. Sie wusste weder etwas über seine familiäre noch über seine berufliche Situation. Aber ich denke, dass dies auch nicht wirklich wesentlich ist – wichtig ist einzig, dass er definitiv aus dem Kreis der Verdächtigen ausscheidet."

„Das kann man wohl sagen." Tessa lächelte bitter.

„Nur wäre es mir lieber gewesen, wenn sich seine Unschuld auf eine andere Weise herausgestellt hätte. Tot – das ist ja grauenvoll." Bedrückt nagte sie an ihrer Unterlippe. „Und trotzdem könnte ich mir vorstellen, dass sein Tod etwas mit dem Überfall auf Jana zu tun hat", meinte sie nach einer kurzen Denkpause und legte ihre Stirn in grüblerische Falten. „Irgendjemand hat vielleicht eine Verbindung zum verlorenen Turnier hergestellt und hat nun eine Art Selbstjustiz geübt, weil er Jana indirekt die Schuld an seinem Tod gibt."

„Und dieser jemand muss beim *CC Bertschikon* zugegen gewesen sein und seine Enttäuschung – falls es denn so war – hautnah mitbekommen haben", ergänzte Karin.

„Anton Vasalli!", entfuhr es Tessa.

„Oder Michael oder sonst irgendwer. Ich habe übrigens Michaels Adresse aufgetrieben – er wohnt hier in der Nähe, auf dem *Schachenhof*."

„*Schachenhof*? Noch nie gehört. Wo genau liegt denn dieser Hof?"

„Irgendwo zwischen dem *Katzenhof* und dem *Homberg*. Am besten fragst du dich einfach durch."

„Hm." Tessa kratzte sich nachdenklich am Kinn. „Ich bin nicht sicher, ob Michael wirklich die richtige Fährte ist. Rein gefühlsmäßig kommt bei mir eigentlich nur Anton Vasalli in Frage. Als wir ihm am letzten Samstag einen Besuch abgestattet haben, war er nicht nur rüpelhaft und unhöflich, sondern hat sich auch höchst verdächtig verhalten. Patricia, Janas Schwester, war alarmiert. Sie wusste zwar nicht genau, was sie bei dem Gespräch irritiert hatte – wahrscheinlich hat er irgendetwas Fragwürdiges gesagt oder eben im falschen Moment nicht gesagt. Das Problem ist einfach, dass wir ihn nicht festnageln können, und auf ein weiteres Gespräch lässt er sich bestimmt nicht ein ..."

„Da ist guter Rat teuer." Karin kratzte sich ebenfalls am Kinn. „Am besten machst du dich vielleicht doch auf die Suche nach Michael – wer weiß, möglicherweise kann er dir echt weiterhelfen – wenn du Glück hast, sogar in Bezug auf Anton Vasalli ..."

„Es scheint, dass mir tatsächlich nichts anderes übrig bleibt", meinte Tessa seufzend. „Ich werde also diesen Michael irgendwie aufstöbern. *Schachenhof*, hast du gesagt. Na ja, irgendwie werde ich das schon hinkriegen."

* * *

Am nächsten Morgen machte sich Tessa ungewohnt früh auf den Schulweg. Sie hatte sich zwanzig Minuten vor Stundenbeginn mit Kerstin bei der Aulatreppe verabredet, weil sie ihr unbedingt von ihrem Gespräch mit Karin berichten wollte. Am liebsten hätte sie dies schon am Vorabend getan, doch sie war erst um zehn nach Hause gekommen, und da war es für ein Telefongespräch schon zu spät gewesen. So hatte sie sich bloß per SMS bei ihr gemeldet und eine Art Kriegsrat für den nächsten Tag mit ihr vereinbart.

Sie war gerade dabei, ihr Fahrrad abzuschließen, als sie aus den Augenwinkeln eine Bewegung wahrnahm. *Nanu, wer befand sich denn um diese Zeit schon auf dem Schulgelände?* Unauffällig drehte sie ihren Kopf, um einen kurzen Blick auf die sich nähernde Person zu riskieren.

Wie elektrisiert zuckte sie zusammen. Es war Ruben, der mit weit ausholenden Schritten auf sie zukam. Tausendmal hatte sie sich diese Begegnung in ihren Träumen ausgemalt, doch dass sie ausgerechnet heute stattfinden würde, damit hatte sie nicht gerechnet. Ihr Herz begann laut zu pochen.

Langsam richtete sich auf. Jetzt war Ruben auf gleicher Höhe mit ihr. Ihre Augen trafen sich. Er nickte ihr eine kurze Begrüßung zu, dann drehte er den Kopf zur Seite und ging mit hängenden Schultern an ihr vorbei.

Konsterniert blickte ihm Tessa hinterher. Das war doch nicht möglich! Dies wäre *die* Gelegenheit für eine unverbindliche Aussprache gewesen. Aber wie es schien, wollte er gar kein Gespräch! Er hatte sie wie eine völlig Fremde behandelt. Eine ungeheure Wut begann in ihrem Innern zu brodeln. Sollte er ihr doch den Buckel runterrutschen! Für sie war die Angelegenheit definitiv beendet. Von nun an würde sie ihn wie Luft behandeln. Wenn er nicht einmal den Mut besaß, sich dieser Sache offen zu stellen, dann war er es nicht wert, dass sie ihm auch nur eine Träne hinterherweinte.

Wenn er *nicht genug Mumm zu einer offenen Aussprache hat, dann musst du es tun, sonst wirst du dein Leben lang einen schalen Nachgeschmack mit dir herumschleppen.* Woher kam jetzt plötzlich dieser unangenehme Gedanke? Und weshalb ließ er sich nicht einfach verdrängen? *Du musst es jetzt tun – jetzt. Wenn du es jetzt nicht tust, wirst du den Mut dazu nie mehr aufbringen.*

Tessa schickte ein kurzes Stoßgebet zum Himmel, dann spurtete sie los. Nach wenigen Sekunden hatte sie Ruben, der nur noch einige Schritte vom Schulhauseingang entfernt war, eingeholt. Mit in die Seite gestemmten Armen stellte sie sich vor ihn hin.

Er schrak zusammen und zögerte einen kurzen Moment, so als müsste er sich überlegen, ob er einfach wortlos kehrtmachen sollte. Endlich schien er zu einem Entschluss gekommen zu sein. Er blickte Tessa mit skeptisch zusammengezogenen Augenbrauen an und fragte unsicher: „Na, was ist los? Willst du was von mir?“

„Ja, eine Erklärung“, antwortete sie kühl. „Mich würde einfach interessieren, was dein Verhalten zu bedeuten hat – ich werde nämlich irgendwie nicht schlau daraus.“

Ruben zupfte verlegen an seiner Unterlippe. „Ja, da hast du Recht. Ich bin dir tatsächlich eine Erklärung schuldig. Ich – ich habe einfach gehofft, dass du mich vielleicht auch ohne Worte verstehen würdest. Aber wahrscheinlich bin ich da total falsch gewickelt gewesen. Also, wir könnten, also, nach dem Bibelgruppen-Meeting vielleicht –“ Er brach ab und zuckte hilflos mit den Schultern.

Tessas Augen blitzen verächtlich. „Okay, nach dem Bibelgruppen-Meeting findet ein klärendes Gespräch zwischen uns statt“, sagte sie mit metallisch klingender Stimme. Ohne ein weiteres Wort zu verlieren, drehte sie sich auf dem Absatz um und ließ Ruben einfach stehen.

Sie atmete einige Male tief durch, während sie zur Aulatreppe steuerte, wo Kerstin sie schon erwartete. In kurzen, sachlichen Worten erzählte sie ihr von ihrem gestrigen Gespräch mit Karin und den Schlussfolgerungen, die sie gezogen hatten.

Kerstin hörte mit weit aufgerissenen Augen zu. „Das ist ja unglaublich“, stammelte sie. „Peter tot, Jana überfallen und im Krankenhaus – das ist ja voll tragisch. Und dann dieser Michael …“ Sie presste die Lippen zusammen und blickte Tessa besorgt an. „Irgendwie gefällt mir die Sache nicht. Sie ist eine Nummer zu groß für uns.“

„Ach, komm, das schaffen wir schon. Michael ist bestimmt ein freundlicher, hilfsbereiter Junge, der uns einige gute Tipps liefern kann. Jetzt, wo die Sache endlich spannend zu werden verspricht, können wir nicht einfach aufgeben!"

„Okay. Aber ich begleite dich auf jeden Fall. Wir könnten uns heute Nachmittag nach meiner Reitstunde auf dem *Katzenhof* treffen und uns von dort auf die Suche nach Michael machen."

„Bingo, Madame Obervernünftig." Tessa lächelte trocken. „Ich wollte dir ohnehin was in der Art vorschlagen."

Eine Weile hingen sie beide schweigend ihren eigenen Gedanken nach, dann rief sie das unbarmherzige Klingeln der Schulglocke in die Wirklichkeit des Schulalltags zurück.

Der Morgen ging ohne große Besonderheiten über die Bühne. Auch das Bibelgruppen-Meeting, dem Tessa mit sehr gemischten Gefühlen entgegengeblickt hatte, verlief problemlos. Ruben kam etwas verspätet und setzte sich ganz hinten bei der Tür hin. Tessa war ihm für sein Taktgefühl dankbar, auf diese Weise wurde nämlich die peinliche Situation – es war das erste Mal, dass sie in der Bibelgruppe getrennt saßen – etwas entschärft.

Nach dem Meeting stand Ruben sofort auf und steuerte zur Tür. Tessa folgte ihm schweigend. Fast automatisch schlenderten sie zu ihrem Lieblingsplatz, einer kleinen Bank in der Parkanlage hinter dem Schulgebäude.

Ein Gefühl der Wehmut beschlich Tessa, als sie sich setzte. Wie viele schöne Augenblicke hatten sie zusammen hier verbracht. Bei ihrem ersten Treffen hatten sie auf dieser Bank gesessen, und nun sollte auch ihr letztes Treffen hier stattfinden. Sie brauchte keine hellseherischen Fähigkeiten, um festzustellen, dass das tatsächlich so war. Ein Blick auf Rubens ernstes Gesicht und seine krampfhaft ineinander verschlungenen Hände genügte, um zur Gewissheit zu gelangen, dass es definitiv aus war zwischen ihnen.

„Hm", sagte Ruben nach einer langen Pause, „ich bin dir also noch eine Erklärung schuldig."

Tessa nickte schweigend.

„Zuerst möchte ich dir sagen, dass es mir Leid tut und dass die Schuld – wenn man überhaupt von Schuld sprechen kann – allein bei mir liegt." Ein Schimmer der alten Zärtlichkeit stahl sich in seine Augen. „Ich – ich hätte mir so sehr gewünscht, dass sich unsere Beziehung nie verändern und alles beim Alten bleiben würde. Doch das geht nicht."

„Nicht?", echote Tessa tonlos.

Ruben schüttelte den Kopf. „Ich weiß nicht, ob du das, was ich dir jetzt sage, nachvollziehen kannst. Irgendwie verstehe ich es selbst nicht. Ich – ich stecke in einer riesengroßen Krise. Ich muss erst wieder zu mir selbst finden. Und dazu brauche ich Distanz. Ich habe keine Kraft mehr für Beziehungen irgendwelcher Art."

„Eine Krise?" Tessa blickte ihn betroffen an. „Davon habe ich gar nichts gemerkt. Doch, das heißt, ich habe einfach gemerkt, dass du dich von mir zurückgezogen hast. Aber was der Grund dafür ist, das weiß ich bis heute nicht."

„Ich werde es dir erklären. Mein Vater besaß eine kleine Computerservice-Firma. Mit dem Zusammenbruch der ganzen Computerbranche wurde die Luft auch für ihn zusehends knapper. Vor drei Wochen nun musste er Konkurs anmelden. Die Firma, die er liebevoll aufgebaut hatte, wurde aufgelöst." Ruben ballte die Fäuste. „Aber das Schlimmste kommt erst noch", sagte er rau, „als selbstständiger Unternehmer hat er nämlich keinen Anspruch auf Arbeitslosenunterstützung. Er kriegt bloß eine kleine Rente von irgendeiner Zusatzversicherung, die er mal abgeschlossen hat."

„Kein Arbeitslosengeld? Aber das ist ja eine Riesenungerechtigkeit!"

Ruben knirschte mit den Zähnen. „Das ist es. Auf dem Arbeitsamt hat man ihn kommentarlos zum Sozialamt gewiesen. Aber er will nicht von Sozialhilfegeldern leben! Dafür schämt er sich viel zu sehr."

„Hm", meinte Tessa trocken, „wir leben schon seit Jahren von der Sozialhilfe und sind deshalb auch nicht minderwertig, oder?"

„Bei euch ist das was anderes", antwortete Ruben hitzig. „Deine Mutter ist allein erziehend. Aber unsere Familie ist vollständig – da kann jeder etwas zum Lebensunterhalt beitragen, ohne dass wir von der Sozialhilfe abhängig sein müssen."

„Und wie wollt ihr das bewerkstelligen?"

„Meine Mutter hat eine Halbtagsstelle als Altenpflegerin gefunden, mein Vater hat einen Nebenjob als Hausmeister angenommen, und ich werde im Sommer eine Ausbildung bei der städtischen Verwaltung beginnen. Die Löhne sind ziemlich gut, im ersten Jahr verdiene ich schon mehr als vierhundert Euro pro Monat."

„Du verlässt das Gymnasium?"

„Ja", sagte Ruben kurz.

„Und aus diesem Grund willst du dich von mir distanzieren??", fragte Tessa mit großen Augen.

„Ja – nein, nicht wirklich." Ruben stützte den Kopf auf die Hände und seufzte. „Ich weiß es selbst nicht so recht. Ich habe im Moment einfach keinen Boden unter den Füßen. Ich zweifle an allem. Weshalb ist die Welt so ungerecht?"

„Aber ich könnte dir doch helfen", wandte Tessa ein. „Wenn zwei dieselbe Last tragen, dann ist sie nur noch halb so schwer."

„Nein", sagte Ruben dumpf, „das geht nicht. Ich kann dir doch nicht einfach meine Last aufbürden. Und zudem habe ich nun wirklich kein Quäntchen Energie zum Aufrechterhalten einer gesunden, tragfähigen Beziehung übrig. Ich muss zuerst für mich selbst schauen und mit meiner Situation klarkommen. Nein, wirklich, es geht nicht."

„Ist das dein letztes Wort? Willst du die Sache nicht nochmals überschlafen?"

„Nein, ich habe meine Entscheidung getroffen. Sie ist endgültig." Rubens Stimme klang hart. Seine Augen blickten dunkel und fremd, die goldenen Pünktchen in ihnen waren zu Eis erstarrt.

Tessa fühlte sich mit einem Mal merkwürdig unbeteiligt. Sie kam sich wie eine Zuschauerin in einem Film vor, die dem Lauf der Handlung interessiert folgt, ohne jedoch wirklich innerlich davon berührt zu sein.

„Okay", hörte sie sich mit seltsam ruhiger Stimme sagen, „ich akzeptiere deine Entscheidung. Aber denke ja nicht, dass du deine Probleme besser lösen kannst, wenn du alle deine Freunde in den Wind schießt. Das ist feige und egoistisch. Du musst dich dem Leben stellen. Flucht und Rückzug sind keine Alternativen. Irgendwann wirst du dies lernen müssen, wenn nicht jetzt, dann ganz bestimmt später."

Ohne seine Antwort abzuwarten, stand sie auf und ging davon. Sie fühlte sich noch immer wie eine Traumwandlerin. Mechanisch lenkte sie ihre Schritte zum Schulzimmer, das im Moment ganz leer war, und erledigte mit robotermäßiger Genauigkeit ihre Hausaufgaben. Danach ging sie zu ihrem Fahrrad und schwang sich in den Sattel. Wie ein ferngesteuerter Automat fuhr sie zum *Katzenhof*.

Erst als sie beim Gutshof ankam und Arabella hoch aufgerichtet zum Tor galoppieren sah, erwachte sie aus ihrem tranceähnlichen Zustand. Sie ließ ihr Fahrrad zu Boden fallen, rannte auf die silbergraue Stute zu, schlang beide Arme um ihren weichen, seidigen Hals und schluchzte trocken auf.

„Das Leben ist grausam", flüsterte sie, „grausam und ungerecht. Ach, Ruben, hättest du unserer Beziehung nicht nochmals eine Chance geben können? Weshalb gibst du einfach kampflos auf und ziehst dich ins Schneckenhaus zurück? Weshalb lässt du mich allein?"

Sie weinte, bis sie keine Tränen mehr hatte. Arabella stupste sie hin und wieder mit ihrem weichen Maul an der Schulter, so als wollte sie ihr begreiflich machen, dass es sie auch noch gab und dass *sie* sie bestimmt nie im Stich lassen würde.

Endlich verebbte das heftige Schluchzen. Tessa rieb sich die Augen trocken und straffte die Schultern. Die Tränen hatten seltsam befreiend gewirkt – sie hatten die schwere Last wie morsches Holz einfach mit sich fortgerissen. Mit einem Mal wusste sie, dass das Leben weiterging, dass es nicht nur grausam und ungerecht, sondern auch voller Freude war. Gott liebte sie, und er würde ihr nie eine Last aufbürden, die zu schwer war für sie.

Sie kraulte Arabella zärtlich hinter den Ohren, dann holte sie Fialar von der Koppel und begann mit geschickten Bewegungen, die beiden Pferde zu satteln. Gerade als sie den letzten Griff getan hatte, erschien Kerstin auf dem Hof. Nach einer kurzen Begrüßung schwangen sie sich auf ihre Pferde und ritten los.

„Heute war Ruben wieder in der Schule", sagte Kerstin, nachdem sie die kleine Feldstrasse erreicht hatten.

„Ja", antwortete Tessa lakonisch.

„Und, hast du dir schon überlegt, ob du mit ihm sprechen wirst?"

„Ist schon erledigt."

„Waas? Du hast bereits mit ihm gesprochen? Und? Was hat er gemeint?"

„Es ist aus."

„Aus? Weshalb denn?"

„Ich möchte jetzt lieber nicht darüber sprechen", sagte Tessa stockend. „Ich muss es erst mal selber ein wenig verarbeiten. Du, schau mal", unterbrach sie sich plötzlich, „diesen Typen da, den kenne ich!"

Sie waren soeben um eine Wegbiegung geritten und hatten nun den ersten Hof direkt im Visier. Es war ein schmuckes Gebäude, obwohl es lange nicht so herrschaftlich wirkte wie der *Katzenhof*. Auf dem Vorplatz befand sich ein junger Mann, der gerade dabei war, einen großen, prachtvollen Rappen zu striegeln. Sein blondes Haar war mit viel Gel zurückgekämmt und im Nacken zu einem kurzen Pferdeschwanz gebunden.

„Mikey!", rief Tessa halblaut, in ihrer Stimme schwang sowohl Verlegenheit als auch Erleichterung.

Der junge Mann hob den Kopf. Ein Lächeln glitt über sein männliches, kantiges Gesicht. „Hallo Tessa!", rief er erfreut. „Welch überraschendem Umstand verdanke ich deinen Besuch?"

„Dem Zufall", antwortete sie trocken. „Eigentlich sind wir, das heißt Kerstin und ich", sie deutete auf ihre Freundin, die zur Begrüßung leicht mit dem

Kopf nickte, „auf der Suche nach einem Jungen namens Michael Krueger. Er soll auf dem *Schachenhof* wohnen. Doch wir wissen weder wo der Hof liegt, noch wie wir ihn finden können. Kannst du uns vielleicht einen Tipp geben?“

Mikey grinste breit. „Da seid ihr bei mir an der richtigen Adresse. Michael Krueger, das bin ich.“

13

„Was, duu?“, riefen Tessa und Kerstin wie aus einem Mund.

„Wo brennt's denn?“ fragte Mikey belustigt. „Habe ich vielleicht irgendwas verbrochen? Eine Bank überfallen oder jemanden umgelegt? Dann könnt ihr mich ja geradewegs ins Kittchen schleppen.“ Mit einer theatralischen Geste, die jedem Schauspieler Ehre gemacht hätte, hielt er ihnen seine Hände hin, so als wollte er sich Handschellen anlegen lassen.

„Dummkopf“, sagte Tessa lächelnd, „natürlich brennt es nirgends. Wir sind bloß auf der Suche nach Informationen über die Hauptakteure des letzten *CC Bertschikon*, das heißt in diesem Fall über dich, Jana, Peter und Anton Vasalli, den Organisator.“

Mikeys Grinsen gefror zu einer abweisenden Grimasse. „Peter ist tot“, sagte er rau, „da gibt es keine Infos mehr zu holen.“

„Ich weiß“, antwortete Tessa ruhig, „und Jana ist überfallen worden und liegt nun mit mittelschweren Kopfverletzungen im Krankenhaus.“

„Ach, ehrlich?“, fragte Mikey gleichmütig. „Seltsam, dass mich diese Nachricht so wenig erschüttert. Ich –“

„Michael!“, erklang plötzlich eine laute Frauenstimme durch die Türöffnung. „Könntest du bitte ganz schnell kommen? Ich glaube, wir haben einen Rohrbruch im Badezimmer!“

„Tut mir Leid, wir müssen ein andermal weiterreden.“ Mikey zuckte entschuldigend mit den Schultern. „Wie wär's am Freitag um dieselbe Zeit?“

Kerstin und Tessa nickten. „Ist okay. Wir sind zwischen halb fünf und fünf bei dir."

„Okay, wir sehen uns." Mikey hob grüßend die Hand und verschwand mit großen Schritten im Haus.

* * *

„Hast du eigentlich Patricia die neuste Entwicklung unseres Falls schon mitgeteilt?", erkundigte sich Kerstin, als sie und Tessa am Freitag nach der Schule direkt zum *Schachenhof* radelten.

„Natürlich", nickte Tessa, „ich habe sie am Mittwochabend gleich angerufen, nachdem wir entdeckt hatten, dass Mikey und Michael identisch sind. Sie war über Peters Tod erschüttert, konnte aber das traurige Ereignis auch nicht in einen direkten Zusammenhang mit dem Überfall auf Jana stellen. Übrigens, Jana geht es besser, sie kann Anfang nächster Woche aus dem Krankenhaus entlassen werden. An den Überfall erinnert sie sich nur vage, sie weiß gerade noch, dass sie mit mir gechattet hat und plötzlich unterbrochen worden ist. Was dann geschah, kann sie nicht mehr rekonstruieren."

„Ich bin ja gespannt, ob das Gespräch mit Mikey ein wenig mehr Licht in diese verworrene Sache bringen wird."

„Ich hoffe es. Sonst sind wir dann bald am Ende mit unserem Latein."

„Vielleicht ist ja Mikey selbst der geheimnisvolle Angreifer", mutmaßte Kerstin. „Hast du mitgekriegt, wie gleichgültig er reagiert hat, als du ihm von dem Überfall auf Jana erzähltest? Es schien ihn weder groß zu überraschen noch besonders zu erschüttern. Im Gegenteil, auf seinem Gesicht lag so etwas wie Befriedigung oder sogar Schadenfreude."

„Das ist mir gar nicht aufgefallen. Und irgendwie kann ich Mikey ein solches Verbrechen auch nicht zutrauen, ein solch plumper Überfall passt nicht zu ihm."

„Hm, ich weiß nicht, ob du damit richtig liegst." Kerstin zwinkerte vielsagend mit einem Auge. „Darf ich dich vielleicht daran erinnern, dass –"

Sie konnte ihren Satz nicht mehr zu Ende bringen, denn in diesem Moment begann Tessas Handy laut und aufdringlich zu piepsen.

„Ich hasse diesen Ton", sagte Tessa nachdrücklich, während sie das altertümliche Teil mit steifen Fingern aus ihrer Schultasche kramte und auf die Taste drückte, um den Anruf entgegenzunehmen.

„Ja, hallo?", rief sie in die Sprechmuschel.

„Tessa, hier spricht Patricia. Du, ich habe eine interessante Mitteilung für dich!"

„Ja?"

„Mir ist eingefallen, was mich an Vasalli irritiert hat!"

„Ehrlich? Was denn?"

„Er hat doch gesagt, dass Jana einen ziemlich deftigen Schlag auf den Kopf gekriegt hatte und gleich bewusstlos war. Aber – das konnte er gar nicht wissen! Um die Ermittlungen nicht zu komplizieren, hat die Polizei meine Eltern gebeten, die näheren Einzelheiten des Überfalls geheim zu halten. Das war für mich ein unwichtiges Detail, deshalb ist es mir nach dem Besuch bei Vasalli auch nicht eingefallen. Aber vorhin haben meine Eltern was in der Richtung gesagt, und da ist es mir wie ein elektrischer Schlag eingefahren."

„Also weiß gar niemand aus eurem Bekanntenkreis Näheres über den Überfall? Weder Igor noch deine Schulfreundinnen noch Janas Kollegen aus dem Reitklub??"

„Nein, niemand", sagte Patricia entschieden. *„Vasalli*

kann es nicht wissen, außer – er war beim Überfall dabei!"

„Ich glaube es nicht", murmelte Tessa, „dann ist dieser Typ ja wirklich unheimlich beschränkt. Fast zu beschränkt, um echt zu sein."

„Was soll ich jetzt tun? Die Polizei benachrichtigen?", fragte Patricia eifrig.

„Hm, warte mal." Tessa fuhr an den Straßenrand und hielt an. Nachdenklich kratzte sie sich mit der rechten Hand am Kinn. „Wenn *wir* von Vasallis Schuld überzeugt sind, heißt das noch lange nicht, dass das Beweismaterial auch für die Polizei genügt. Ich würde daher erst mal abwarten. Vielleicht gibt uns Mikey noch einen heißen Tipp, wie Vasalli endgültig überführt werden kann. Ich rufe dich nach dem Gespräch an, um die weiteren Schritte zu diskutieren. Okay?"

„Geht in Ordnung. Ich bin zu Hause erreichbar." Patricia verabschiedete sich und beendete das Gespräch.

„Brisante News?", fragte Kerstin, die ebenfalls vom Rad gestiegen und Tessas Anteil am Gespräch interessiert verfolgt hatte, gespannt.

Tessa nickte. Halblaut erläuterte sie ihrer Freundin die neuste Wendung. „Damit ist klar erwiesen, dass Vasalli tatsächlich der Schuldige ist und ich mit meiner Vermutung in Bezug auf Mikey richtig lag", meinte sie zum Schluss.

„Scheint in der Tat so", meinte Kerstin trocken. „Lassen wir uns mal überraschen, welch neue Erkenntnisse Mikey uns in diesem Fall noch liefern kann."

Sie bestiegen ihre Räder und setzten die Fahrt fort. Nach und nach kamen die ersten Gutshöfe in Sicht. Sie fuhren am *Katzenhof* vorbei, weiter, bis nach einer scharfen Rechtskurve der *Schachenhof* in ihrem Blickfeld auftauchte.

Tessa war es plötzlich, als würde eine kalte Hand nach ihr greifen. Der Hof hatte nichts Freundliches mehr an sich, im Gegenteil, er wirkte kalt und abweisend. Etwas Bedrohliches hing in der Luft, das Gefühl einer akuten Gefahr. Genau so hatte sie sich gefühlt, als sie vor einigen Monaten in Geronimos Stall auf die Ankunft von xRay und KlaasKlever gewartet hatten. Doch damals war Ruben mit von der Partie gewesen, und seine Gegenwart hatte etwas Beruhigendes, Tröstliches ausgestrahlt.

Ruben. Verzweifelt biss sie die Zähne zusammen. Wie sehr sie ihn doch vermisste! Sein humorvolles Lächeln, seine ruhige Sicherheit, die unzähligen tanzenden Pünktchen in seinen Augen. Nie mehr würde er bei ihren Unternehmungen mit dabei sein – er hatte sich sang- und klanglos aus ihrem Leben verabschiedet.

Das Gefühl der Bedrohung verstärkte sich, je näher sie dem Hof kamen. Unsicher spähte Tessa über ihre Schulter zurück. Sollten sie vielleicht umkehren? War die Schlussfolgerung, dass Vasalli der Täter war, zu einfach gewesen? Wenn ja, dann liefen sie hier vielleicht ahnungslos in eine raffiniert konstruierte Falle …

Sie wollte gerade den Mund öffnen, um Kerstin ihre Gedanken mitzuteilen, als Mikey aus der Haustür trat und mit einem Lächeln auf dem Gesicht auf sie zukam. *Mist! Zu spät!* Einen kurzen Augenblick lang fühlte sich Tessa wie ein in die Enge getriebenes Tier. Verstohlen betrachtete sie Mikey, der ihnen mit einer weit ausladenden Handbewegung erklärte, wo sie ihre Fahrräder deponieren konnten, von der Seite. Er wirkte anders als bisher. Sein blondes Haar war nicht mehr nach hinten geklebt, sondern hing ihm in weichen Strähnen ins Gesicht. Er hatte einen Dreitagebart, was ihm ein verwegenes Aussehen verlieh. Doch die größte Veränderung lag in seinem Blick. Seine blauen Augen, die bisher immer eine gewisse Wärme ausgestrahlt hatten, glitzerten kalt und hart.

Tessa schauderte. Irgendetwas stimmte hier nicht. Oder doch? Bildete sie sich dies vielleicht alles nur ein? Zögernd stellte sie ihr Rad an die Hausmauer und blieb dann unschlüssig vor der Tür stehen. Kerstin war schon im Hauseingang verschwunden, während Mikey ungeduldig im Türrahmen wartete.

„Komm schon, Tessa", drängte er, „oder benötigst du eine Extraeinladung?"

Schweigend schüttelte sie den Kopf. Dann straffte sie entschlossen die Schultern und trat über die Schwelle. Sie würde die Antwort auf ihre Fragen nur erfahren, wenn sie sich dieser Situation jetzt stellte.

Mikey führte sie in einen stilvoll eingerichteten Salon und bedeutete ihnen, auf einem bequemen Ledersofa Platz zu nehmen. Er selbst setzte sich in einen breiten Sessel und schlang nachlässig die Beine übereinander.

„So, und nun erklärt mir zuerst mal, was an diesem Überfall auf Jana so interessant ist und weshalb ihr euch in dieser Sache so stark engagiert", begann er in lockerem Plauderton.

„Jana ist eine Art Kollegin von mir. Als wir von dem Überfall auf sie hörten, war es sozusagen Ehrensache, auf eigene Faust ein wenig zu ermitteln. Vor allem, weil wir schon einige Erfahrung in Bezug auf kriminalistische Rätsel haben", antwortete Tessa, die eine solche Frage erwartet hatte, geistesgegenwärtig.

„Wenn es so weitergeht, kann Tessa bald ein Detektivbüro eröffnen“, ergänzte Kerstin lachend. „Seit wir uns kennen, führt uns ihr kriminalistischer Spürsinn immer wieder in mehr oder weniger brenzlige Situationen!“

„Letztes Mal habt ihr gesagt, dass ihr den Überfall auf Jana mit dem letzten *CC Bertschikon* in Verbindung bringt“, fuhr Mikey fort. „Wie kommt ihr auf diese Idee?“

„Der Angreifer, der Jana niedergeschlagen hat, ließ den Pokal des letzten Turniers mitgehen. Das hat uns dann auf diese Fährte gebracht“, erklärte Kerstin.

Tessa räusperte sich. „Jana scheint nicht gerade eine enge Freundin von dir zu sein“, sagte sie vorsichtig.

Mikey kniff die Augen zusammen. „Das kann man wohl sagen“, antwortete er langsam. „Jana und ich sind wie zwei negativ gepolte Magnete, wenn ich dies mal ein wenig bildhaft ausdrücken darf.“

„Inwiefern denn?“

„Hm, das ist gar nicht so einfach zu erklären. Jana besitzt überhaupt keine Ausstrahlung. Sie wirkt auf mich gar nicht wie eine junge Frau, sondern – na ja, eher spröde und abweisend. Sie ist außerdem ein Mensch, der unheimlich ehrgeizig ist – alles Eigenschaften, die mich nicht gerade in Begeisterungsstürme versetzen.“

„Bist du denn überhaupt nicht ehrgeizig?“, fragte Kerstin.

„Doch, schon, aber in einem gesunden Maß. Bei Jana scheint der Ehrgeiz schon fast krankhaft zu sein.“

„Könntest du dir vorstellen, dass sie sich deswegen Feinde gemacht hat?“

Mikey nickte. „Wäre möglich.“

„Wie ist die Beziehung zwischen Jana und Anton Vasalli, dem Turnierorganisator?“, fragte Tessa sachlich.

„Absolut unterkühlt. Vasalli ist ein eigenartiger Typ – unberechenbar, asozial und ziemlich unfreundlich. Er fasst uns alle nicht gerade mit Samthandschuhen an, aber bei Jana ist es echt krass. Er spricht mit ihr nur im Telegrammstil, und sein Gesicht wirkt dabei jeweils noch unfreundlicher, als es sonst schon ist. Mich mag er übrigens auch nicht besonders. Peter war der Einzige von uns drei, mit dem er sich einigermaßen verstand. Nach den Turnieren haben sie hin und wieder zusammen ein Bier getrunken, und dabei ist es auch schon mal vorgekommen, dass Vasalli tatsächlich laut und herzlich gelacht hat – für mich fast so etwas wie eine Quadratur des Kreises."

„Würdest du Vasalli theoretisch zutrauen, bei Jana einzubrechen und sie krankenhausreif zu schlagen?"

„Hm", Mikey kratzte sich nachdenklich am Kinn, „das ist schwierig zu sagen. Auf eine Art schon. Ja, doch – ich glaube, ich würde es ihm zutrauen. Erstens, weil er launisch und unberechenbar ist, und zweitens, weil er Peter gern gemocht hat. Es könnte sein, dass er Jana die Schuld an seinem Tod in die Schuhe schiebt und sich deshalb an ihr rächen wollte."

„Dann hältst du es also auch für wahrscheinlich, dass zwischen den beiden an und für sich unabhängigen Ereignissen ein Zusammenhang bestehen könnte?", hakte Kerstin nach.

„Ja, das halte ich durchaus für möglich", erwiderte Mikey langsam.

Tessa zwirbelte versonnen eine dunkle Haarsträhne zwischen Daumen und Zeigefinger. „Ist dir beim letzten *CC Bertschikon* etwas Ungewöhnliches aufgefallen? Irgendetwas, das dich irritiert oder befremdet hat?"

„Etwas Ungewöhnliches? Nein, nicht dass ich wüsste. Oder doch? Jetzt, wo ich näher darüber nachdenke, kommt mir etwas in den Sinn, eine kurze Bemerkung von Vasalli, der ich damals überhaupt keine weitere Beachtung geschenkt hatte. Aber nun erscheint natürlich alles in einem anderen Licht." Er machte eine kurze Pause und fuhr dann fort: „Es war, als es zum Stechen zwischen Peter, Jana und mir kam. Vasalli stand ganz in meiner Nähe, und da hörte ich ihn etwas vor sich hin murmeln. Es klang so ähnlich wie: *Zeig es ihnen, Peter! Lass dir diesmal den Pokal nicht entgehen! Zeig ihnen, was in dir steckt!* Ich bin nicht hundertprozentig sicher, ob dies nun genau der Wortlaut war, aber etwas in der Art hat er gesagt."

Tessa und Kerstin wechselten einen viel sagenden Blick.

„Erzähl uns doch ein wenig von Peter", bat Tessa mit ruhiger Stimme. „Wie war er? Wie sah das Umfeld aus, in dem er sich bewegte? Kanntest du ihn gut?"

Ein Schatten huschte über Mikeys ausdrucksvolles Gesicht. Er stützte den Kopf in die Hände und atmete tief durch. „Ja, ich kannte ihn ziemlich gut", sagte er endlich mit mühsam beherrschter Stimme. „Wir waren beide in demselben Reitklub. Er war nicht mein dickster Freund – dafür waren wir zu verschieden –, aber wir waren gute Kumpels. Peter war der typische Freak: ausgefallener Haarschnitt, schräge Klamotten, unkonventionelle Ideen. Zudem hatte er eine Vorliebe für symbolträchtigen Schmuck. So besaß er zum Beispiel einen breiten Silberring mit dem Yin-und-Yang-Zeichen oder ein Elfenbeinamulett in Form einer Buddhastatue, das er an einem Lederband um den Hals trug."

„Wie war sein familiäres Umfeld?", fragte Kerstin vorsichtig.

„Luca, sein älterer Bruder, war zugleich sein bester Freund. Er begleitete ihn zu allen Turnieren, obwohl er, glaube ich, irgendwo in Deutschland studiert, Schauspielkunst oder so was, wenn ich mich nicht irre. Seine Eltern sind ein wenig, wie soll ich sagen, sonderbar. So vermieden sie es zum Beispiel, Informationen zu Peters Unfall herauszugeben, aus Angst, dass die Familie sonst von weiteren Unglücksfällen heimgesucht würde. Irgendwie ist das Ganze dann aber doch durchgesickert, und inzwischen weiß schon eine ganze Menge Leute davon."

„Weißt du Genaueres über den Unfallhergang?" Tessa vermied es geflissentlich, Mikey bei dieser Frage in die Augen zu blicken.

„Peter war nach dem letzten *CC Bertschikon* am Boden zerstört. Trotz seines ausgeflippten und lockeren Äußeren steckte er sich nämlich sehr hohe Ziele. Er wollte dieses Turnier unbedingt gewinnen, und er war ganz nah dran. Jana hatte einfach ein bisschen mehr Glück als er. Das hat ihn total fertig gemacht. Bei der Siegerehrung hatte er Tränen in den Augen, obwohl er sie mit allen Mitteln zu unterdrücken versuchte. Noch am selben Abend machte er eine kurze Ausfahrt mit seinem Motorrad, wahrscheinlich, um sich ein wenig abzureagieren. Er prallte frontal mit einem Traktor zusammen und war auf der Stelle tot." Wie eine müde Fliege blieb Mikeys leise Stimme im Raum hängen.

Eine lange Pause entstand.

„Wie – hat seine Familie auf den Unfall reagiert?", fragte Tessa schließlich mit abgehackter Stimme.

„Ich weiß es nicht", antwortete Mikey müde. „Peter wurde im engsten Familienkreis beigesetzt. Die Eltern wollten keinen Besuch, keine Kondolenzschreiben, nichts. Sie haben seither nichts mehr von sich hören lassen. Auch sein Bruder ist wie vom Erdboden verschluckt. Wahrscheinlich können sie so Peters Tod am ehesten verarbeiten."

„Wie schrecklich", murmelte Kerstin mit erstickter Stimme. „Die ganze Familie aus der Bahn geworfen … Tragisch, echt tragisch."

„Ich könnte es irgendwie nachvollziehen, wenn sich jemand aus Peters Familie an Jana rächen wollte", sagte Tessa mehr zu sich selber und nickte langsam dazu, „ja, irgendwie könnte ich es verstehen."

„Es könnte aber auch jemand anders gewesen sein, jemand aus Peters Bekanntenkreis – was meinst du dazu?" Mikeys Stimme klang plötzlich provokativ. „Ich zum Beispiel", er lächelte spöttisch, „hast du das auch schon in Betracht gezogen?"

„Um ehrlich zu sein", stotterte Tessa, „ja, nein, das heißt, ein wenig schon."

Mikeys Lächeln wurde weicher. „Tut mir Leid", sagte er entschuldigend, „war nicht so gemeint. Ich wollte dich nicht in Verlegenheit bringen. Ist ja klar, dass in einem solchen Fall alle bis zum Beweis des Gegenteils irgendwie verdächtig sind." Er stand auf und schlenderte zu einem hohen Bücherregal an der Wand. „Wenn ich mich nicht täusche, befindet sich hier irgendwo eine Foto von Peter und seiner Familie", er deutete auf die vielen verschiedenfarbigen Fotoalben, die ordentlich im Gestell aufgereiht waren. „Wenn es euch nichts ausmacht, euch einen Moment zu gedulden, würde ich sie gern für euch heraussuchen."

Er stellte sich auf die Zehenspitzen, um ein dunkelblaues Album mit goldenen Verzierungen vom obersten Regalbrett herunterzuholen. Dabei glitt der untere Saum seines modischen Kringelhemdes über den Bund seiner Bluejeans. Ein breiter Ledergürtel wurde sichtbar. Er war schwarz, mit einer großen silbernen Schnalle, die aus zwei ineinander verschlungenen Hufeisen bestand und wie ein Überbleibsel aus der Zeit des amerikanischen Bürgerkriegs wirkte.

14

Tessa erstarrte. *Hier, vor ihren Augen, befand sich der Gürtel, den Janas Angreifer getragen hatte.* Die schockierende Erkenntnis traf sie wie ein Blitz aus heiterem Himmel. Das eisige Gefühl des Grauens, das sie auf der Herfahrt beim Anblick des *Schachenhofs* ergriffen hatte, kroch wie eine Riesenspinne ihren Rücken hoch und breitete sich in Windeseile in ihrem ganzen Körper aus.

Mikey hatte gelogen. *Er* hatte Jana niedergeschlagen und den Pokal gestohlen – entweder weil er wütend war, dass er das Rennen nicht selbst gewonnen hatte, oder weil er Peter rächen und Jana einen Denkzettel verpassen wollte. Ein Puzzlestein fügte sich zum anderen. Die offensichtliche Verachtung, die er für Jana empfand, seine Insiderkenntnisse der Cross-Country-Szene, seine gute Beziehung zu Peter, seine Begeisterung für alles, was mit dem *CC Bertschikon* zu tun hatte.

Verzweifelt checkte sie ihre Möglichkeiten durch. Sollte sie aufspringen und fliehen? Oder weiterhin die Ahnungslose spielen und den Besuch möglichst schnell und unauffällig beenden? Oder – sollte sie Mikey hier, vor Ort, stellen?

Sie blickte zu Kerstin, dann zu Mikey, der immer noch beim Bücherregal stand und in dem dunkelblauen Fotoalbum blätterte, das er vom obersten Regalbrett geholt hatte. Ein süffisantes Lächeln lag auf seinem Gesicht, so, als ob er sich jetzt schon zu seinem gelungenen Coup gratulierte.

Dieses Lächeln ließ Tessa alle Vorsicht vergessen.

„Du bist ein Lügner, Mikey." Wie ein Gewehrschuss knallte ihre kalte, harte Stimme durch den stilvoll eingerichteten Salon.

Mikey hob erstaunt den Kopf. „Wie bitte?“, fragte er höflich.

„Du bist ein Lügner“, wiederholte sie mit einem frostigen Lächeln. „Du hast den Überfall auf Jana perfekt inszeniert, aber du hast *einen* Kapitalfehler gemacht – du hast nicht bemerkt, dass die Webcam eingeschaltet war und ich alles sozusagen live miterlebte.“

„Was, wo – wovon sprichst du?“

„Dass du der Täter bist, Mikey“, sagte Tessa betont langsam. „Du hast Jana niedergeschlagen und den Pokal des *CC Bertschikon* gestohlen.“

„Aber wie kommst du auf eine so absurde Idee?“, fragte Mikey betroffen.

„Dein Gürtel“, antwortete Tessa lakonisch, „genau denselben Gürtel hat der Täter auch getragen. So, und nun rufe ich die Polizei.“ Mit einer schnellen Bewegung riss sie ihr Handy aus der Schultasche.

„Stopp!“ Mikey ließ das Fotoalbum fallen und baute sich in seiner ganzen Größe vor Tessa auf. „Nun hör mir mal zu“, sagte er langsam und eindringlich, „ich bin nicht der Täter, den du suchst. Ich habe mit dem Überfall auf Jana überhaupt nichts zu tun. Du kannst mich doch nicht einfach anklagen und bei der Polizei melden, nur weil ich zufälligerweise denselben Gürtel trage wie der Angreifer, den du durch die Webcam beobachtet hast. Weißt du nicht, dass es unzählige solcher Gürtel gibt? Jeder Besitzer eines solchen Gürtels könnte der Täter sein.“

Tessa starrte an ihm vorbei auf ihr Handy.

Verzweifelt wandte sich Mikey an Kerstin. „Nun sag ihr doch, dass sie aufhören soll! Ich bin unschuldig! Und ich kann es euch beweisen!“

Kerstin blickte unschlüssig zu ihrer Freundin, die soeben die Taste ihres Handys drücken wollte, um mit dem Wählen der Nummer zu beginnen. „Warte, Tessa", sagte sie plötzlich, „gib Mikey noch eine Chance. Vielleicht täuschst du dich tatsächlich."

Tessa hielt mitten in der Bewegung inne.

„Ich werde euch zeigen, dass ich ein reines Gewissen habe", rief Mikey. „Ich bin bereit, mit euch zu Janas Familie zu gehen und mich dort allen Fragen zu stellen! Und ich bin sicher, dass ich meine Unschuld vollkommen beweisen kann!"

Mit einem Mal wirkte Tessa unsicher. „Zu Janas Familie", wiederholte sie langsam. „Ja, jetzt gleich", sagte Mikey eifrig, „ich möchte mich so schnell wie möglich von diesem hässlichen Verdacht befreien."

Tessa zögerte.

„Ich finde das eine gute Idee", bekräftigte Kerstin. „Mikey hat das Recht, angehört zu werden, und zwar so bald wie möglich. Vielleicht könnten wir Karin anrufen, damit sie uns hinfährt."

Unsicher blickte Tessa zu Kerstin, dann zu Mikey. Seltsam, er reagierte gar nicht so, wie sie erwartet hatte. Könnte es sein, dass sie sich getäuscht hatte, dass ihr Verdacht falsch war? Vielleicht war es ja wirklich das Beste, die Sache vor Ort, dort, wo die Tat stattgefunden hatte, zu klären.

Mechanisch wählte sie Karins Nummer und horchte gespannt in den Hörer. Ihre Patentante meldete sich schon nach wenigen Sekunden. Stockend erläuterte ihr Tessa die Sachlage. Karin hörte ruhig zu und versprach ihr dann, nach kurzem Überlegen, sie in ungefähr einer halben Stunde auf dem *Schachenhof* abzuholen.

„Sie wird etwa um halb sieben hier sein", erklärte Tessa, nachdem sie sich von ihrer Patentante verabschiedet und die Verbindung unterbrochen hatte. „Wir müssen uns also noch etwas gedulden."

Die Sekunden und Minuten krochen in ätzendem Zeitlupentempo vorüber. Die Stimmung zwischen den drei Jugendlichen war auf dem Nullpunkt. Mikey hockte dumpf brütend in einer Ecke des Salons. Er schien um zehn Jahre gealtert. Seine Augen blickten stumpf, tiefe Furchen durchzogen sein Gesicht. Selbst die ultracoole Baseballmütze, die er vom Garderobehaken geholt und absichtlich verkehrt herum aufgesetzt hatte, wirkte matt und trübsinnig. Kerstin spielte mit ihrem Handy, das sie aus der Schultasche geholt hatte, und Tessa blätterte geistesabwesend in dem zu Boden gefallenen Fotoalbum.

Auf den ersten Seiten befanden sich nur Pferdefotos. Mikey, der ein Ordnungsfanatiker zu sein schien, hatte alle Fotos sorgfältig beschriftet und nach streng geometrischen Gesichtspunkten eingeklebt. Nach den Pferdefotos kamen Fotos verschiedener Turniere. Die erste Überschrift lautete *CC Riehen,* dann folgte *CC Winterthur* und schließlich *CC Bertschikon.*

Tessas Neugier war geweckt. Vielleicht stieß sie ja hier auf einen versteckten Hinweis, der entweder Mikeys Schuld definitiv bestätigte – oder ihn aber vollständig entlastete. Die ersten Fotos waren nicht sehr aussagekräftig. Mikeys Eltern, Mikeys Pferd, der Parcours, die Zuschauertribüne, Mikey hoch zu Ross. Dann folgte die Siegerehrung. Zuerst die drei Sieger auf dem Podest, dann verschiedene Portraitaufnahmen – von Jana, Peter und Mikey.

Mit größter Aufmerksamkeit musterte Tessa Peters Gesicht. Mikey hatte nicht übertrieben – er hatte etwas von einem Freak an sich. Sein hellbraunes Haar stand wirr zu allen Seiten ab, die Augen blickten träumerisch irgendwo in die Ferne, und auf seinen Wangen wucherte ein salopper Dreitagebart. Um den Hals trug er ein schwarzes Lederband, und an seinem rechten Daumen, den er lässig in die Höhe hielt, steckte ein breiter Silberring mit dem chinesischen Yin-und-Yang-Zeichen.

Tessa stutzte. Irgendwie kam ihr der Ring bekannt vor, doch sie konnte die bruchstückhafte Erinnerung mit dem besten Willen nicht einordnen. Seufzend blätterte sie weiter. Die restlichen Fotos waren nicht mehr sehr ergiebig, und enttäuscht legte sie das Album zur Seite. Es hatte nichts gebracht. Der entscheidende Hinweis war ausgeblieben.

Missmutig lehnte sie sich im Sofa zurück. Wenn nur Karin bald kam! Die Luft hier im Raum war so dick, dass man sie fast mit den Händen greifen konnte. Verstohlen schielte sie zu Mikey. Ein ungutes Gefühl machte sich in ihr breit. Wenn er tatsächlich der Täter war, würde er höchstwahrscheinlich nicht lammfromm mit ihnen im selben Raum herumhängen, sondern sie mit allen möglichen Tricks loszuwerden versuchen. Und wenn er der Täter war, welche Rolle spielte dann Anton Vasalli in der ganzen Sache? Weshalb besaß er Informationen, die er genau genommen gar nicht wissen konnte? Oder steckten die beiden vielleicht sogar unter einer Decke?

Endlich – es war schon einige Minuten nach halb sieben – hörte sie draußen ein Auto vorfahren. Sie rannte zum Fenster und blickte hinaus. Auf dem Vorplatz stand tatsächlich Karins alter Fiat Panda. Erleichtert seufzte sie auf, packte ihre Schultasche und verließ mit Kerstin und Mikey den Raum.

Karin war ausgestiegen und begrüßte sie mit einem fröhlichen Lächeln. Nach einigen kurzen Worten quetschten sich Tessa und Kerstin auf den Rücksitz, während Mikey auf dem Beifahrersitz Platz nahm. Karin startete den Motor, wendete und fuhr in einem eleganten Bogen auf die schmale Feldstraße.

Die Fahrt quer durch die Stadt dauerte über eine Stunde, da die meisten Straßen durch den Feierabendverkehr völlig blockiert waren. Als sie in Kilchberg ankamen, war es schon fast acht Uhr.

Karin parkte den weißen Fiat Panda am Straßenrand, nur wenige Meter von Janas Elternhaus entfernt. Ächzend kletterten die drei Jugendlichen ins Freie und streckten ihre Glieder.

„Hoffentlich treffen wir hier überhaupt jemanden an", meinte Kerstin und wies auf das in der einfallenden Dämmerung seltsam verlassen wirkende Einfamilienhaus.

„Patricia hat doch am Telefon gesagt, dass sie den ganzen Abend zu Hause sei", erinnerte Tessa sie. Dann legte sie plötzlich den Finger auf den Mund. „Psst, ich glaube, ich höre Musik."

Tatsächlich, je näher sie dem Haus kamen, desto deutlicher war die Musik zu hören. Tessa machte die tragenden, melodischen Klänge eines Klaviers aus, dazwischen die leicht heisere Silberstimme einer Querflöte. Wie die plätschernden Wellen eines Bergbaches rieselten die Töne durch die milde Abendluft.

Unentschlossen standen die vier Besucher vor dem weißen Klingelknopf. Sollten sie es wagen, den harmonischen Fluss der Musik unangemeldet und abrupt zu unterbrechen? Und würde sie überhaupt jemand hören?

Plötzlich brach die Musik ab. Schnell drückte Tessa auf die Klingel. Einmal – zweimal – dreimal. Nichts geschah. Sie wollte es gerade noch ein viertes Mal versuchen, da öffnete sich die Tür mit einem schwungvollen Ruck und Patricias flammend rotes Haar wurde im Türspalt sichtbar.

„Tessa, Kerstin?“, fragte sie erstaunt, während ihr Blick unsicher an Karin und Mikey hängen blieb.

Tessa beeilte sich, die beiden vorzustellen, und erklärte Patricia kurz, weshalb sie gekommen waren.

Patricia schluckte. „Das ist ja interessant“, meinte sie ohne große Überzeugung. „Mein Vater ist zufälligerweise zu Hause, aber er hat sich oben in seinem Büro eingeriegelt. Vielleicht gelingt es mir, ihn irgendwie loszueisen. Ich – ich war eben ein wenig am Musizieren, mit Igor. Er kann wunderschön Klavier spielen, ihr solltet ihn mal hören, echt virtuos.“

Ihr Gesichtsausdruck signalisierte deutlich, dass sie die Unterbrechung außerordentlich bedauerte. Trotzdem führte sie die Besucher mit einer höflichen Handbewegung in den Flur und stieg dann die breite Wendeltreppe hoch, um ihren Vater über die neuste Entwicklung der Dinge zu informieren.

Inzwischen hatte die Klaviermusik wieder eingesetzt. Es klang wie leise prasselnde Regentropfen an einem Sommertag, dazwischen das dumpfe Donnergrollen eines sich entfernenden Gewitters. Tessa lauschte verzückt. Die perlenden Klaviertöne ließen sie alles um sich herum vergessen. Fast automatisch setzte sie sich in Bewegung und folgte dem Klang der Töne, bis sie den Raum erreicht hatte, in dem sie produziert wurden. Es war ein richtiges Musikzimmer. Überall lagen oder hingen Instrumente – Flöten, Ukulelen, Banjos und sogar zwei Geigen. An der einen Wand stand ein wunderschöner schwarzer Flügel, und davor saß Igor und ließ seine Finger geschmeidig über die weißen Elfenbeintasten gleiten.

Als er Tessas Gegenwart im Raum spürte, unterbrach er sein Spiel einen kurzen Moment und lächelte ihr zu. „Wie ihr Namen sein? Ich dich schon versehen einmal, oder?“, fragte er in seinem lustigen, gebrochenen Deutsch.

„Ich bin Tessa“, antwortete sie. Dann deutete sie auf die schimmernden Tasten und sagte mit einem aufmunternden Lächeln: „Spiel nur weiter, ich höre gern noch ein wenig zu.“

„Ja? Du lieb Musik?“

„Ich liebe Musik, ja. Ich spiele selbst auch ein wenig Klavier, aber natürlich nie so gut wie du.“

Igor lächelte strahlend. Seine Finger glitten suchend über die Tasten. Er schlug einige Akkorde an und ging dann unvermittelt in eine traurige, wehmütige Melodie über. Staunend beobachtete Tessa seine Hände, die so elegant und geschmeidig über die Tasten huschten.

Plötzlich stutzte sie. Der Ring, der an seinem rechten Mittelfinger steckte – der Ring mit dem Yin-und-Yang-Zeichen – hatte sie den nicht vor kurzem noch an einer anderen Hand gesehen? Ihre Gedanken wanderten zurück in den Salon des *Schachenhofs*, zu dem Fotoalbum, das sie in der Hoffnung auf einen klärenden Hinweis durchgeblättert hatte. Ganz deutlich sah sie die Portraitaufnahme von Peter vor sich. Sein sensibles Gesicht, das wirre Haar, der in die Höhe gereckte rechte Daumen mit dem breiten silbernen Ring.

Sie fröstelte plötzlich. Scheu betrachtete sie Igors Profil, während sie langsam und auf leisen Sohlen den Rückzug antrat. Wie Hammerschläge dröhnten Mikeys Worte in ihrem Kopf. *Luca, Peters älterer Bruder, war zugleich sein bester Freund. Er begleitete ihn zu allen Turnieren, obwohl er, glaube ich, irgendwo in Deutschland studiert, Schauspielkunst oder so was, wenn ich mich nicht irre.*

Mit einem Mal passte alles zusammen. Der Täter, der immer wieder an den Ort seiner Tat zurückkehrt, das Auftauchen Igors wenige Tage bevor der Überfall auf Jana verübt wurde, die Widersprüchlichkeit zwischen seiner erzkonservativen Kleidung und dem trendigen Silberring mit dem Yin-und-Yang-Zeichen, dem fernöstlichen Symbol für das harmonische Gleichgewicht zwischen Gut und Böse.

Endlich hatte sie den Flur erreicht, ohne dass Igor sie irgendwie aufgehalten hätte. Mit großen Schritten ging sie auf Mikey zu, der mit unbewegtem Gesicht zur Treppe starrte, und flüsterte ihm etwas ins Ohr. Er zuckte zusammen, seine Augen weiteten sich in ungläubigem Staunen. Er öffnete den Mund, um etwas zu sagen, doch die Worte blieben ihm im Hals stecken.

„Komm", flüsterte Tessa drängend, „es ist unheimlich wichtig!"

Mikey machte eine heftige Kopfbewegung, wie um sein Entsetzen abzuschütteln, dann folgte er ihr zögernd zum Musikzimmer.

Igor hatte von der schwermütig-sentimentalen Melodie zu einem lustigen Tanz gewechselt. Aus den Augenwinkeln registrierte Tessa die fast unheimliche Fingerfertigkeit, mit der seine Hände über die Tasten flogen. *Ist es möglich, dass diese empfindsamen Hände tatsächlich einem bösartigen Angreifer gehören, der andere Menschen gewaltsam niederschlägt? Können dieselben Hände kunstvolle Musik hervorbringen und gleichzeitig fast tödliche Wunden zufügen?*

Mikey war in der Tür stehen geblieben. Lange und eindringlich betrachtete er Igors Profil, dann nickte er bestätigend. Mit großen Schritten bewegte er sich auf den Flügel zu und baute sich vor Igor auf.

„Luca", sagte er leise, „das Spiel ist aus."

Mit einem Schlag verstummte die Musik. Entsetzt starrte Igor zuerst Mikey, dann Tessa an. Einen Moment lang sah es aus, als wollte er sich an den beiden vorbei zur Tür stürzen, doch dann sackten seine Schultern mutlos nach vorn. „Ich – ich“, stammelte er hilflos, „ich – also, ich habe – habe …“ Seine Stimme brach. Verzweifelt stützte er den Kopf auf seine Hände und seufzte tief.

15

„So sieht also ein Dieb aus, der fast zum Totschläger geworden ist", meinte Herr Hoffmann sarkastisch, nachdem die ganze Gesellschaft in der bequemen Lederpolstergruppe im Wohnzimmer Platz genommen hatte. Nur Patricia fehlte – als sie begriffen hatte, wer Igor war, war sie laut schluchzend in ihr Zimmer gerannt und hatte die Tür mit einem heftigen Knall hinter sich zugeschlagen.

Herr Hoffmann wirkte sichtlich erschüttert. Sein Gesicht war kreideweiß, die Augen blickten starr und irgendwie leblos. Immer wieder fuhr er sich mit der Hand durch sein dichtes, rötlich-blondes Haar.

„Was hast du dir bei der ganzen Sache eigentlich gedacht?", fuhr er Luca plötzlich an und fixierte ihn mit seinem starren, unbeweglichen Blick.

Luca schluckte. Wie ein Häufchen Elend saß er in seiner Sofaecke. Der jämmerliche Anblick wurde durch seine unpassende, altmodische Kleidung noch verstärkt. „Es – es tut mir Leid", stammelte er schließlich, „ich wollte, ich könnte alles ungeschehen machen."

„Das hättest du dir schon früher überlegen sollen", entgegnete Herr Hoffmann mit mühsam beherrschter Stimme und fuhr sich ein weiteres Mal achtlos mit der Hand durchs Haar.

„Vielleicht erzählst du uns am besten einmal alles der Reihe nach – was dich zu dem Überfall auf Jana bewogen hat, und wie du ihn geplant und ausgeführt hast", meinte Karin nach einer langen, ungemütlichen Pause.

Wieder schluckte Luca. „Das ist gar nicht so einfach", krächzte er, „dazu muss ich ziemlich weit ausholen."

„Das macht nichts", beruhigte ihn Karin, „nimm dir ruhig Zeit – wir sind ganz Ohr."

„Ich – also, dann muss ich mit dem letzten *CC Bertschikon* beginnen", sagte Luca zögernd. „Peter, mein Bruder, hatte einen großen Traum. Er wollte einmal das größte Cross-Country-Turnier der Schweiz – in diesem Fall den *CC Bertschikon* – gewinnen. Seine größte Konkurrentin war Jana. Sie war immer ein winziges bisschen besser als er, aber dieses Jahr dachte er, dass er sie schlagen könnte. Zuerst lief alles nach Wunsch. Peter, Jana und Mikey hatten nach dem ersten Durchlauf genau gleich viel Punkte – es kam also zum Stechen. Noch heute sehe ich Peters Gesicht vor mir. Er war so hoffnungsfroh, so – so siegessicher und stolz."

Lucas Augen schweiften träumerisch in die Ferne, doch dann, plötzlich, lief ein schmerzvolles Zucken über sein schmales, intelligentes Gesicht.

„Ich war nicht der Einzige, der Peter den Sieg wünschte", fuhr er stockend fort. „Auch Vasalli, der Turnierorganisator, hätte ihm den Erfolg gegönnt. Doch es sollte nicht sein. Wie schon oft fehlte ihm zum Sieg nur das sprichwörtliche kleine Quäntchen Glück. Und wieder war es Jana, die den Pokal holte. In diesem Moment ist in Peter etwas gestorben. Ich sah es in seinem Blick. Auf der Heimfahrt hat er kein Wort gesprochen. Er war wie ein Automat. Mechanisch hat er sein Pferd versorgt, mechanisch hat er danach sein Motorrad hervorgeholt, mechanisch ist er davongebraust. Und als dann dieser Traktor plötzlich aus einer Seitenstraße gefahren kam, da – da war es zu spät."

Luca fuhr sich mit der Hand über die Augen. Verzweifelt presste er die Lippen zusammen.

Tessa hielt den Atem an. Luca tat ihr Leid. Er war nicht wirklich bösartig, sondern eher unglücklich, ratlos und durcheinander.

„Ich gab Jana die Schuld an Peters Tod", setzte er seinen Bericht fort, nachdem er sich wieder gefasst hatte. „Ich wollte es ihr heimzahlen und steigerte mich in die wildesten Rachegedanken hinein. Es war klar, dass ich ihr den Pokal auf irgendeine Weise wieder abnehmen und ihr gleichzeitig einen Denkzettel verpassen musste – das war ich Peter schuldig. Ich begann also, die Umgebung zu erkunden, und stellte fest, dass es hier in der Nähe eine Unterkunft für Asylbewerber gibt. Der Rest ist schnell erzählt. Ich erfand Igor, verschaffte mir auf diese Weise Zutritt zu Jana und ihrer Familie und drang dann eines Abends, als sie allein zu Hause war, vermummt in ihr Zimmer, ergriff den Pokal und schlug sie damit nieder."

„Ja, ich habe dich dabei beobachtet", sagte Tessa leise.

„Was??", keuchte Luca ungläubig.

„Durch die Webcam." Tessas Stimme klang fast entschuldigend. „Wir waren online, Jana und ich, und ich habe fast den ganzen Überfall mitbekommen."

Lucas Hände zitterten. „Es – es war so schlimm. Vor dem Überfall befand ich mich wie in einem Rauschzustand. Ich konnte nicht mehr richtig denken. Doch dann, als Jana verletzt auf dem Boden lag, wurde mir mit einem Schlag bewusst, was ich getan hatte. In wilder Verzweiflung rannte ich davon. Und dann, ein oder zwei Tage später, kehrte ich zurück – als Igor. Ich musste unbedingt erfahren, wie es Jana ging – und ich wollte versuchen, einen Teil meiner Schuld wieder gutzumachen, indem ich

Patricia im Haushalt und im Garten half. Doch es ist mir schnell klar geworden, dass eine solche Schuld nicht einfach abgearbeitet werden kann. Ach, ich wollte, ich hätte die böse Tat gar nicht erst getan – es – es tut mir so Leid."

Eine lange, unangenehme Pause entstand. Tessa hörte nur Herrn Hoffmanns schweren Atem. Er schien mit sich zu kämpfen. Sein Blick war weicher geworden, die krankhafte Blässe aus seinem Gesicht gewichen.

„Ich sehe, dass es dir Leid tut", sagte er endlich, und seine Stimme klang weder sarkastisch noch unfreundlich. „Trotzdem werde ich bei der Polizei Anzeige erstatten müssen. Ich hoffe, du verstehst das."

Luca nickte. „Ja, natürlich. Vielleicht wird dadurch mein Gewissen ein wenig entlastet und ein Teil meiner Schuld gesühnt."

Wieder entstand eine lange Pause, die schließlich von Karin unterbrochen wurde. „Ich glaube, für uns ist es Zeit, aufzubrechen", sagte sie, während sie sich langsam aus dem bequemen Sessel stemmte.

Niemand erhob Einspruch. Herr Hoffmann begleitete die vier Besucher zur Tür, bedankte sich für ihren Einsatz und verabschiedete sie mit einem festen Händedruck.

„Weshalb hast du eigentlich herausgefunden, dass Luca der geheimnisvolle Angreifer war?", platzte Kerstin heraus, kurz nachdem sie sich hintereinander ins Auto gequetscht hatten.

Tessa knetete sich die Hände. „Der Ring ist an allem schuld", antwortete sie langsam.

„Der Ring? Welcher Ring?"

„Der breite Silberring, den Luca an seiner rechten Hand trägt. Schon als ich ihn das erste Mal gesehen hatte, fiel mir die Widersprüchlichkeit dieses Rings auf. Ein Ring mit dem fernöstlichen Yin-und-Yang-Symbol passt schlecht an die Hand eines tschetschenischen Flüchtlings, der der muslimischen Religion angehört. Aber ich habe diesem Umstand damals zu wenig Bedeutung beigemessen."

„Wie hast du dann den Zusammenhang zwischen Peter und dem Ring hergestellt?"

„Während wir in Mikeys Salon auf Karin warteten, habe ich mir das Fotoalbum, das Mikey aus dem Gestell geholt hatte, angeschaut. Unvermutet stieß ich auf eine Portraitaufnahme von Peter. Darauf ist sein Gesicht zu sehen und sein rechter Daumen, den er siegesgewiss in die Höhe gereckt hält. Natürlich fiel mir der Silberring an seinem Daumen auf, aber ich habe ihn in diesem Moment bloß mechanisch registriert, ohne mir groß Gedanken darüber zu machen. Erst in Patricias Musikzimmer, als ich Igor beim Spielen beobachtete und seine Hände betrachtete, ist mir ein Licht aufgegangen."

„Eigentlich seltsam", mischte sich Mikey in das Gespräch ein, „dass Luca ein solch lächerlicher Fehler unterlaufen ist. Er hat ja den Igor wirklich perfekt gemimt, und nun ist er über ein solch albernes Detail gestolpert."

Karin räusperte sich. „Ich glaube, der Ring hat für ihn eine enorm große Bedeutung. Er ist wie ein Maskottchen, ein Erinnerungsstück, der Teil von seinem Bruder, der ihm noch bleibt. Deshalb hat er sich wahrscheinlich gar nicht überlegt, dass er nicht zu seiner Aufmachung als Igor passt oder dass er ihn sogar verraten könnte."

„Da könntest du Recht haben", sagte Mikey gedankenvoll.

Ein langes Schweigen entstand. Alle waren mit ihren eigenen Gedanken beschäftigt. Hin und wieder schielte Tessa zu Mikey, der vorne auf dem Beifahrersitz saß. Sie schämte sich. Durch ihre ungerechtfertigten Verdächtigungen hatte sie ihn nicht nur in eine überaus peinliche Situation gebracht, sondern ihn bestimmt auch tief verletzt. Ob eine einfache Entschuldigung genügte, um den angerichteten Schaden wieder gutzumachen?

Kurz bevor sie die ersten Wohngebiete der Stadt erreicht hatten, raffte sie sich endlich auf. „Mikey", begann sie stockend, „ich – habe noch etwas gutzumachen bei dir. Es – tut mir Leid, dass ich dich durch meine falschen Anschuldigungen in Verlegenheit gebracht habe. Ich habe mich in eine völlig falsche Idee verbissen, und das ist eigentlich unverzeihlich. Kannst du mir trotzdem verzeihen?"

Zu ihrer Verblüffung begann Mikey zu lachen. Es war ein fröhliches, befreites Lachen. „Das war wirklich absurd, nein grotesk, die Szene, die du mir in unserem Salon gemacht hast. Ich habe dir echt nicht zugetraut, dass du so vehement sein kannst. Aber ich verzeihe dir. Wenn du dich nämlich nicht so auf deine angeblich logische Schlussfolgerung versteift hättest, wäre der wahre Täter wahrscheinlich nie entdeckt worden. Obwohl es mir natürlich Leid tut, dass es ausgerechnet Luca ist – ich glaube, er hat unheimlich gelitten und die Tat im Nachhinein aus tiefstem Herzen bereut …"

* * *

„Gestern habe ich einen Anruf von Patricia gekriegt", sagte Tessa einige Tage später zu Kerstin. Es war Mittagspause, und sie hatten gerade eine ruhige, schattige Bank im Schulpark in Beschlag genommen. Das Wetter war ungewöhnlich warm für die Jahreszeit.

Obwohl es erst Ende Mai war, war das Thermometer schon am frühen Morgen auf über zwanzig Grad geklettert, und nun, zur Mittagszeit, brannte eine unerbittlich heiße Sonne auf das kleine Grüppchen der Unverzagten, die sich trotz der Hitze ins Freie gewagt hatten.

Kerstin fächelte sich mit der Hand ein wenig Luft zu. „Und, was hat sie gemeint?“, fragte sie lebhaft.

„Sie hat sich für unseren Einsatz bedankt. Sie hat gemeint, dass ihr Vater noch irgendeine Belohnung springen lassen würde.“

„Er könnte uns ja Gitago schenken.“ Kerstin hob ein wenig spöttisch die Augenbrauen.

„Da liegst du gar nicht so weit daneben“, lächelte Tessa, „er hat tatsächlich was in der Art verlauten lassen.“

„Was??“, rief Kerstin verblüfft.

„Ja, also das heißt, er möchte ihn eigentlich dem Reiterhof *Homberg* schenken, als Schulpferd, wie wir es ja auch ursprünglich vorgesehen hatten. Aber Herr Debrunner und Karin werden dir sicher einige Sonderrechte einräumen – schließlich haben wir durch unseren Einsatz die Popularität des *Homberg* gefördert!“

„Haha, tatsächlich! Das kannst du laut sagen!“

„Übrigens, die Sache mit Vasalli hat sich auch geklärt ...“

„Ehrlich?“

„Der Polizeibeamte, der den Fall bearbeitet, hat herausgefunden, wo sich das Informationsleck befindet, durch das die unter Verschluss gehaltenen Infos bis zu Vasalli gesickert sind. Du wirst es nie erraten! Seine Freundin –“

„Iiii“, unterbrach sie Kerstin, „der Kerl hat tatsächlich eine Freundin? Die muss wohl nicht alle Tassen im Schrank haben!“

„Hat sie wahrscheinlich auch nicht. Sie ist angehende Polizistin und war gerade auf Streife in Kilchberg, als Jana überfallen wurde. So waren sie und ihr Kollege die Ersten, die am Tatort eintrafen. Natürlich hätte sie Vasalli keine Details erzählen dürfen, deshalb wird dieser Anfall von Vertrauensseligkeit noch ein ziemlich unangenehmes Nachspiel mit sich ziehen."

Kerstin grinste. „So was von doof, haha. Ich glaube, aus Vasalli wird nie ein brauchbarer Verbrecher – er würde bei der ersten Befragung durch die Polizei gleich alle Geheimnisse ausplaudern!" Dann wurde sie plötzlich ernst. „Hat Patricia eigentlich noch etwas von Igor – ähm, Luca natürlich – gesagt?"

Tessas leuchtend blaue Augen blickten bekümmert. „Nein, sie hat ihn mit keinem Wort erwähnt."

„Hm, ich glaube, ich kann dir auch sagen, weshalb", meinte Kerstin nachdenklich. „Zwischen diesen beiden knisterte es ganz gewaltig, hast du das auch bemerkt?"

„Natürlich. Das hätte ja ein Blinder gesehen."

„Ja, und nun ist für Patricia eine Welt zusammengebrochen. Der freundliche, einfühlsame Flüchtling aus Tschetschenien, der zudem noch so virtuos musizieren konnte, hat sich als niederträchtiger, brutaler Schurke entpuppt. Das wird sie nicht so schnell verkraften."

Gedankenverloren betrachtete Tessa einen Mückenschwarm, der träge einen sich immer wiederholenden Rundtanz tanzte. Ein wehmütiger Ausdruck schlich sich auf ihr Gesicht. „Weshalb ist die Liebe nur eine so komplizierte Sache? Und weshalb bringt sie meistens Kummer und Elend mit sich?"

Vor ihrem inneren Auge erschien das Bild von Ruben, sein mutloser Blick, die ernsten, verschlossenen Gesichtszüge. Seit ihrem Gespräch an jenem Mittwoch hatte sie nicht mehr mit ihm gesprochen. Wenn sie ihn von weitem sah, war er meist allein. Es schien, als hätte er sich von allen seinen Freunden zurückgezogen.

Sie seufzte. Solange er krampfhaft versuchte, die ganze Last allein zu tragen, hatte niemand auch nur die geringste Chance, an ihn heranzukommen und ihn vom Gegenteil zu überzeugen.

„Denkst du an Ruben?“ Kerstins mitfühlende Stimme brachte sie wieder in die Gegenwart zurück.

„Ja“, antwortete sie langsam, „und an Donald, Tino, Jenni und so weiter.“

„Tino kannst du gleich weglassen“, sagte Kerstin heftig. „Der hat ein Herz aus Stein. Wochenlang hat er nicht gemerkt, dass ich mit ihm Schluss machen möchte, und als ich dann tatsächlich Schluss gemacht habe, war er noch nicht mal groß betroffen. Er hat einige hohle Sprüche fallen lassen und ist dann abgerauscht, als ob nichts geschehen wäre. Nein, der ist es nicht wert, dass ich ihm auch nur eine halbe Träne nachweine, im Gegenteil – ich könnte mich ohrfeigen, wenn ich daran denke, dass ich ihm die ganzen Monate dermaßen auf den Leim gegangen bin!“

Tessa lächelte. „Nanu, das sind ja ganz neue Töne. Wenn ich an unser Gespräch vor einigen Wochen denke … Damals hast du die Sache noch nicht ganz so absolut gesehen.“

„Ich weiß wirklich nicht, weshalb ich damals so blauäugig sein konnte“, seufzte Kerstin. „Aber es hat sich ja in der Zwischenzeit auch einiges ereignet, das mir nach und nach die Augen geöffnet hat.“

„Hast du eigentlich mal wieder etwas von Donald gehört?“, fragte Tessa übergangslos.

Kerstin antwortete nicht sofort. Verlegen knetete sie sich die Hände, während ihr Blick in die Ferne schweifte. „Ja, er schreibt mir ziemlich regelmäßig“, sagte sie endlich. „Er – er ist in Ordnung. Eigentlich ist er sogar sehr in Ordnung.“

„Könntest du dir nicht vorstellen – vielleicht – irgendwann –?“ Tessa brach mitten im Satz ab und zuckte vielsagend mit den Schultern.

„Irgendwann vielleicht schon, aber bestimmt nicht jetzt. Donald ist kein Lückenbüßer, der nur gerade dann attraktiv wird, wenn in meinem Leben irgendein Vakuum entstanden ist. Die Beziehung zu ihm ist mir wichtig, sehr wichtig, und gerade deshalb muss ich eine gesunde Distanz halten, damit sie nicht durch zu viel und zu frühe Nähe zerstört wird.“

Nachdenklich pflückte sie einen kleinen Grashalm, der vorwitzig zwischen den grauen Pflastersteinen hervorguckte. „Ich habe in den letzten Wochen gelernt, dass ich mich auch ohne Freund wertvoll fühlen kann. Ich bin im Moment ganz glücklich so. Ich weiß, dass Gott mich liebt, und ja, eigentlich genügt mir das.“

Tessa nickte gedankenvoll. Kerstin hatte Recht. Es war nicht so wichtig, ob sie nun einen Freund hatte oder nicht. Viel wichtiger war, dass sie sich in der Liebe Gottes geborgen wusste. Es war diese Liebe, die letztlich wirklich zählte – alles andere war vergänglich und unbeständig.

Lächelnd verschränkte sie die Hände hinter dem Kopf und hielt ihr Gesicht den wärmenden Strahlen der hell leuchtenden Mittagssonne entgegen.